诺贝尔文学奖作家文集·叶芝卷

第二次来临
——叶芝诗选编

[爱尔兰] W.B.叶芝 —— 著

裴小龙 —— 译

The Second Coming

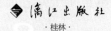

漓江出版社

·桂林·

图书在版编目（CIP）数据

第二次来临：叶芝诗选编／（爱尔兰）W.B. 叶芝著；
裘小龙译 . —— 桂林：漓江出版社，2021.12
（诺贝尔文学奖作家文集）
ISBN 978-7-5407-9095-0

I. ①第… II. ① W… ②裘… III. ①诗集 – 爱尔兰 –
现代 IV. ① I562.25

中国版本图书馆 CIP 数据核字 (2021) 第 184117 号

DI-ER CI LAILIN
第二次来临
——叶芝诗选编
［爱尔兰］W.B. 叶芝　著
裘小龙　译

出　版　人：刘迪才
策划编辑：沈东子　辛丽芳
责任编辑：辛丽芳
书籍设计：石绍康
责任监印：张璐

出版发行：漓江出版社有限公司
社址：广西桂林市南环路 22 号　邮编：541002
发行电话：010-65699511　0773-2583322
传真：010-85891290　0773-2582200
邮购热线：0773-2582200
电子信箱：ljcbs@163.com　微信公众号：lijiangpress
印制：北京中科印刷有限公司
［北京市通州区宋庄工业区 1 号楼 101 号　邮编：101118］
开本：880mm×1230mm　1/32
印张：16.25　字数：335 千字
版次：2021 年 12 月第 1 版　印次：2021 年 12 月第 1 次印刷
书号：ISBN 978-7-5407-9095-0
定价：68.00 元

出版说明

"诺贝尔文学奖作家文集"系我社近年长销经典品种,是对二十世纪八九十年代我社品牌图书"获诺贝尔文学奖作家丛书"的继承与发扬,变之前一人一书阵容为每位作家多卷本。如果说老版"诺贝尔"是启蒙版,那么新版就是深入版,既深入作者的内心,也满足读者的深度需求,看上去是小众趣味,影响的是大众阅读倾向,这就是引领的意义,也是漓江版图书一贯的追求。

漓江出版社中外文学编辑部

［爱尔兰］威廉·勃特勒·叶芝
（William Butler Yeats, 1865—1939）

茅德·冈

叶芝与妻子乔治·海德－利斯

↑叶芝纪念馆（位于斯莱果）

↑叶芝的雕像（位于斯莱果），上面刻着叶芝的诗

叶芝头像硬币的正反面

本布尔本山下叶芝的墓

作家·作品

　　叶芝先生为诗人的竖琴带来一种新的音乐，很少有人能把两个诗歌运动（这里应该是指意象派与现代派诗歌）都带向了辉煌的成就，这足以让他把哀号的声音与爱尔兰民歌中的风笛带入诗中，驱赶出来自梅奥城（爱尔兰西部海岸城市）记忆的多愁善感。

　　叶芝先生无疑是不朽的，他无须随着我们教条的风向来重塑他的风格；尽管种种情况，在他的晚期作品中还是明显有着新的特征，关于这一点，我们的教条最好不要去多加纠缠。叶芝先生是意象派诗人？不，叶芝先生是象征派诗人，但他就像他前面的许多优秀诗人一样，写出了真正的意象。

——艾兹拉·庞德

　　在措辞或句法上，叶芝都把他的诗歌语言更带近了日常生活语言，也采用了更不规则的节奏和韵律。无论是在个人还是政治层面，叶芝都直截了当地、充满挑战地面对面正视失败与抗争……叶芝的诗让他越来越置身于当代的爱尔兰，而不是神话中的爱尔兰。

——马乔里·豪斯

　　叶芝，就像晚一些的艾略特，终于相信诗歌所必需的"非个人化"，相信伟大的诗歌对思想境界的定义，远不止在偶然、转瞬即逝的途径中，对"个人化"的有意识思绪或情感的表达，而是在更永恒、更普遍意义上的。

——C.K. 斯特德

大房子监狱被粗野的居住者们包围了，文化受到了野蛮人的围攻，精致的贵族阶层苦于庸俗中产阶级的威胁——所有这些都是二十世纪爱尔兰小说中重复出现的意象，很大程度上都来自叶芝为他们写的诗歌。

——谢默斯·迪恩

但是，人们不妨大胆争论一下：那些叶芝归到现代主义诗歌的特征其实都能在他自己的诗中找到。不登大雅之堂的措辞在三十年代后半期就开始入侵……更早一些，还有一些像自由体诗的尝试……长短不一的诗行长度……抑扬格音韵的脉动因为那些在奇怪位置多出来的音节变得不规则……现代主义诗歌的偶然性、对似乎漫不经心的观察的依赖性……虽然叶芝总会把这些场景当作是对他不同精神状态的比喻。

——丹尼尔·奥尔布赖特

目　录 / Contents

译本前言

第二次来临——叶芝诗选编

后期浪漫主义阶段

走出后期浪漫主义阶段

晚年阶段

附　录

译本前言

"把诅咒变成葡萄园"[①]的诗歌耕耘

裘小龙

　　威廉·勃特勒·叶芝（1865—1939），爱尔兰现代著名诗人，1923 年度诺贝尔文学奖获得者。叶芝对我国广大读者来说，虽然算不上完全陌生，却依然被了解得不够。因为要了解一个伟大的诗人，尤其像叶芝这样一个充满了种种矛盾，又从矛盾中写出了带有辉煌的统一性的作品的诗人，就需要从整体上来认识他的作品——至少是相对来说的一个整体。叶芝自己做过一个比喻，作品就像一棵树那样成长、发展，根还是同一的根，但花与叶会呈现种种变化。

　　从某种意义上来说，要了解叶芝的作品，还得首先了解他整个生平与作品的种种复杂关系。在用英语写作的现代诗人中，叶芝大约是从他个人富有戏剧性的经历中挖掘得最多、最成功的一个人。然而，他又迥然不同于十九世纪的浪漫主义诗人；如果说浪漫主义诗人的特点之一就是围绕着"自我"抒情，叶芝的自我抒情却充满了现代意识和感性。他为诗中的自我戴上了种种"面具"——这在后来被称为"面具理论"；他同时又把自我和周围的一切染上了一层层神秘甚至神话的色彩，仿佛形成了内在的底蕴；而且，作为后期象征主义的一个代表人物，他那一套独特的象征主义体系也使他的自我内涵大大丰富、复杂了。因此，需要从叶芝自己所称的"有机的整体"来把握他的生平与作品。

---

① 语出英国现代著名诗人奥登（1907—1973）诗：《怀念叶芝》。

叶芝出生于都柏林的一个中产阶级家庭。他的父亲是拉斐尔前派的画家，对于文学艺术抱有一些独到的见解，更喜欢将它们灌输给自己的儿子。童年时代的叶芝是幸福的，常常随着家人去爱尔兰北部的斯莱果乡间度假；当地迷人的风光，朴实又粗犷的农民，尤其是那种种广为流传的民间传说，在叶芝幼小的心灵上激起了阵阵火花。还在很早的时候，他就对爱尔兰乡间盛行的神秘主义产生了兴趣。1884年，叶芝进了艺术学院，但不久就违背父亲的愿望，抛弃了画布和油彩，径自一心一意地写起诗来了。他的处女作发表在《都柏林大学评论杂志》上，诗中清新的词句，特别是爱尔兰乡间特有的神话意识，开始引起人们的注意。

1887年，叶芝全家迁居伦敦。他在那里结识了唯美主义作家王尔德和莫里斯等人，受到他们风格的感染，加入了诗人俱乐部。同时，他参加了当时著名的神秘主义者巴拉弗斯基夫人的一个"接神论"团体，还在这方面做了一些实验，写了一部题为《神话故事与民间传说》的著作。

1889年，他与美丽的女演员茅德·冈相遇。关于他第一次见到茅德·冈时的情形，叶芝后来这样写道："她伫立窗畔，身旁盛开着一大团苹果花；她光彩夺目，仿佛自身就是洒满了阳光的花瓣。"她不仅苗条动人，还是十九、二十世纪之交爱尔兰争取民族自治运动的领导人之一；这在叶芝的心目中自然平添了一轮特殊的光晕。叶芝在一首诗中赞美她有着"朝圣者的灵魂"，"朝圣"指的就是她所争取的民族自治运动事业。可见在叶芝对她的崇拜中也有着政治理想的因素。叶芝对茅德·冈是一见钟情，而且一往情深，但她却一再拒绝了他的求婚。他对她的一番痴情始终得不到回报，"真像是奉献给了帽商橱窗里的模特儿"。她在1903年嫁给了爱尔兰军官麦克布莱德少校，这场婚姻后来颇有波折，甚至出现了灾难，可她十分固执，甚至在自己的婚姻完全失意时，依然拒绝了叶芝的追求。尽管如此，叶芝对她抱有终生不渝的爱慕，因此，在他一生的很长一段时间里也就充满了难以排解的痛苦。

不过，对于一个诗人来说，一次不幸的爱情并不意味着创作的不幸。按照著名心理学家荣格的说法，诗人往往在他的无意识中需要这种不幸来写出深沉的诗篇。痛苦出诗歌，这样的例子确实是常见的。在数十年的时光里，从各种各样的角度，茅德·冈不断地激发起叶芝的灵感：有时是激情的爱恋，有时是绝望的怨恨，更多的时候是爱和恨之间复杂的张力。叶芝摆脱不了她，从叶芝最初到最后的诗集里，都可以看到她在叶芝心目中的不同映照。

而且，叶芝也或多或少是在她的影响下，进一步参加了爱尔兰的政治斗争。爱尔兰争取民族自治的运动在当时是个比较复杂的历史现象，人们对此持有不同的理解和态度。像茅德·冈这样激进的民族主义者主张通过暴力、流血的斗争来实现他们心目中的理想。但是，手段和目的常常难以统一，他们采取的行动有时也导致了相反的结果。叶芝对此颇不以为然，但他后来又觉得，这些民族主义者的斗争带来了一种英雄主义的气氛，达到了崇高的悲剧精神。这种矛盾的态度在叶芝的诗作中有充分的反映。在他自己看来，更重要的却是通过作品来唤醒人民的民族历史意识，他事实上也是更多地用他的作品参加了这场斗争。这个时期，他的作品中出现了更远大、壮丽的地平线。

1894 年，叶芝遇见奥莉维亚·莎士比亚夫人，这也是个对他的生活产生了重大影响的女人。奥莉维亚长得十分妩媚，赋有一种古典美，她与叶芝很快就发展起炽热的激情。叶芝在这段日子的抒情诗中有不少大胆、直露的描写，在很大程度上也可说是他们关系的折射。奥莉维亚曾考虑与叶芝结合，后因种种原因未能如愿，但他们还是一直保持着真挚的友谊。

1896 年，在叶芝的生活道路上又出现了一个对他具有重要意义的女友，剧作家格雷戈里夫人。如果说茅德·冈给叶芝提供了创作的素材和激情，奥莉维亚·莎士比亚夫人给了叶芝生活中的温柔和宁静，格雷戈里夫人则为叶芝成为一个大诗人创造了写作和生活的条件。出身贵族的格雷戈里夫人，赋有一种为贵族社会充当艺术保护人的"责任感"，她发现叶芝是一个才华横溢的诗人，于是立即充当起了保护人的角色。她在爱尔兰西部拥有一座庄园（即叶芝诗中频频提到的柯尔庄园），她请叶芝到那里度假，使他能在那里安心从事创作，并让他接触到贵族社交活动，扩大、丰富了他的生活圈子。此外，她还慷慨地给了叶芝经济援助，使叶芝不用像其他诗人那样靠卖文度日。叶芝后来满怀感激之情地说："对于我，她是母亲、姐妹、兄弟、朋友；没有她，我就无法认识这个世界——她为我动摇的思想带来一种坚定的高尚性。"另一方面，格雷戈里夫人的影响反过来也加深了叶芝带有贵族主义色彩的保守观点。柯尔庄园成了一种有着无比美好的过去，但此刻就要消逝的存在的象征。甚至在叶芝后来围绕拜占庭主题写成的一些诗里，也因此流露出了对于贵族统治下的艺术家生活的留恋。

1904 年，叶芝、格雷戈里、沁孤等人一起创办了阿贝剧院，叶芝自任经理，并为剧院写了许多关于爱尔兰历史和农民生活的戏剧。在这些戏里，有不少用诗体写成的"歌"，颇有独特的韵味，后来也被收进了诗集。同一期间他还写了一些明快、优秀的诗篇。在叶芝看来，这是唤起爱尔兰民族意识，从而赢得民族自治的重要途径。叶芝和他友人的这些创作活动，后来被称为"爱尔兰文艺复兴"，成了爱尔兰文学史上的重要一页。

从 1912 年到 1916 年，当时尚未成名的美国现代派诗人艾兹拉·庞德断断续续地为叶芝担任助手工作。现代派正在西方诗坛崛起，庞德正是现代主义诗歌的一个狂热鼓吹者。据一些批评家的说法，庞德使叶芝的创作实践更接近了现代派的倾向。不过，叶芝自己对此也是一直在摸索之中，他汇入现代派这股潮流，接着成了中坚人物，其实是必然要走出的一步。

叶芝在 1917 年转而向茅德·冈的养女伊莎尔特·冈求婚，遭到拒绝，随后娶乔治·海德－利斯为妻。婚后，叶芝在离庄园不远的地方买下了一座倾颓的古塔，把它修复后，携带妻子住了进去。黯黑而浪漫的古塔，在叶芝诗意的想象中，与其说是一处栖身之所，还不如说是一个象征。残破的塔顶仿佛象征他的时代和自己的遭际，塔的本身却体现着往昔的传统和精华。叶芝攀着塔内的旋梯，从塔顶上向下俯瞰，沉思冥想，写了不少以塔为主体象征的诗。

1921 年，爱尔兰获得了自治领地位，叶芝出任自治领参议员，合家搬到都柏林居住。1923 年他获诺贝尔文学奖，在斯德哥尔摩受到了人们的热情欢迎；他在答词中谦虚地将自己的成就说成是爱尔兰作家集体努力的结果，并再次提到了一些神秘主义诗人对他的影响。晚年的叶芝虽然得参加种种社会活动，但创作始终不衰，写出了最为成熟的作品。他这时已成了英国诗坛上的执牛耳者，与现代派诗人有着更广泛的接触，还主编了《现代牛津英国诗选》。现代派诗歌在二三十年代获得了长足进展，叶芝在现代派诗人中也越来越显示出一种独特的影响。

从 1931 年起，他的身体开始渐渐衰退，不过他仍在坚持写作，还出了几本诗文集子。1938 年初，他因腺瘤动了一次手术，可他在作品中反而更迸发出一股激情，甚至是浪漫主义激情的火焰："当我奄奄一息时，我还会躺在床上想着我青春岁月中虚度的夜晚。"

在最后的那些日子里，故人星散，自己也快走到了生命的尽头，叶芝回首往事，感慨万端。作为一个真正的诗人，他对自己是怀疑的、不满的，"我寻找一个主题，但总是徒劳。"在他的一生中，又有多少是自己想做而确实做成的呢？于是他的激情在思考中凝聚着，升华成一首首深刻的诗。1939年初他病逝，在最后的一封信中他写道："人们能体现真理但不能认识真理……抽象之物不是生命，处处都存在矛盾。"但他的诗，却绝非什么抽象之物，而是充满了强盛的生命力，留在他身后了。

国外的评论家常把叶芝的诗歌创作分成四个阶段，这四个阶段的变化都与他个人经历有一些关系，甚至很深的关系，可以结合起来看，不过我认为，更主要的还应该结合着诗人的意识和诗学形式上的变化来看。

叶芝开始他的创作时，统治英国诗坛的仍是维多利亚时代的后期浪漫主义。浪漫主义诗人雪莱和布莱克都对叶芝产生过影响。但在十九世纪末，盛极一时的浪漫主义在英国已成了强弩之末，随着资本主义危机的进一步深化、恶化，那种仅仅强调个人直抒情怀的浪漫主义诗篇，显然无法对时代面临的复杂问题做出有力的回答。在内容上，这些诗往往只是俗套的风花雪月，或是言之无物，或是无病呻吟；在形式上，传统的抑扬格过分追求音韵的整齐，显得圆熟而无新意，在字面和格律上过分雕琢的要求，也给诗写作带来了很大的局限性。叶芝初期作品同样有这方面的一些弊病。不过，他的作品往往由于取材于斯莱果乡间的生活经验，从而获得了一种独特的逼真、清新的色彩。如《茵尼斯弗利岛》一诗，就常被人认为是叶芝最富浪漫主义情调的作品，但诗中出现的一些意象却具体、硬朗，不同于当时流行的空洞陈腐的诗风，没有局限在写烂了的那一套上，反而充满着民间文学中质朴的生气。在这些作品里有时也会出现一种逃离现实的倾向：爱尔兰面临的种种问题令人沮丧，个人生活中的挫折使他绝望。在稍后一段时间里，唯美主义诗风同样对他产生了消极的影响。传统的"欢乐的英格兰"无法再做二十世纪田园诗的背景了，诗人只能怀着梦似的憧憬去找远离尘嚣的乌有乡。不过，叶芝转向了爱尔兰民间的神话传说去寻找出路，这在一方面突破了时间的局限性，使凝聚着人类几千年共同经验的神话同时凸现出古今的共同性和不同性；另一方面也使诗有了一种历史的庄严。不少作品的力量正是来源于民族心理淀积的深处。《谁和费古斯同去》就是这样一篇成功地运用神话原型抒情的代表作。诗人对于理想世界的渴望，在神话传说中的一个人物身上得到了折射，古代的人与现代的人有着本质上相同的向往，体现了爱尔兰民族始终坚持着的"形而上"的追求。乔伊斯《尤利西斯》中的斯蒂芬，一想到母亲就想到这首诗，从这个小小的例子中亦可以看到它在爱尔兰民族心理结构中的深度以及引起的共鸣。叶芝歌唱神话传说中的英雄，固然主要还是为了用过去的光辉幻象照亮现时的不幸处境，有些诗却因此蒙上一层薄薄的神秘主义面纱。不过总的说来，这一时期的神秘主义成分在诗中所占的比例还是较小的。

1899年他来到都柏林。爱尔兰民族自治运动的高涨，激发起他的新热情。在形式上，他开始追求一种雄浑有力、自然奔放的风格，为自己的诗在各个阶层都赢得了读者。他的语言一反当时流行的浪漫主义诗的雕琢和浮华，往往把十分流畅、清晰、富有活生生表现力的口语写进诗里，虽然诗体大多还是沿用传统的格律形式，但却是旧瓶装新酒，成功地反映了现代社会的种种经验。这段时间里最重要的一点就是他的"面具理论"的实践。叶芝写了大量似乎是一种从第三者角度抒情的抒情诗；这些第三者的形象与叶芝本人迥异——有乞丐、小丑、姑娘、老人，甚至拟人化的玩偶等等。在以单一角度的自我抒情为主的浪漫主义诗歌中，从第三者（即某一个"他"）角度出发的抒情偶尔也是有的，但叶芝诗中的第三者，并不是叶芝观察的一个外在的对象，而仿佛是叶芝的第二自我、第三自我，或者说"准自我"。

说得简单一些，叶芝进入了这些对象的内心之中；叶芝成了乞丐，成了小丑，成了粗汉。这些第三者形象的所说所做所思是叶芝处于这些人的地位时会说会做会思的。叶芝就像戴起了面具，进入了角色。常常，诗中依然有诗人的声音，但诗人的声音和面具的声音形成复调，反映了内心的矛盾性和丰富性；作品不再是单声部的，而是多声部的。按照现代心理学的研究，人们面对父母、师长、雇主、情人等不同的对象时也会采取截然不同的心理态度，自己像是换了一个人，戴上了面具似的。这样的例子在人们日常生活中其实屡见不鲜。但是，到底哪一种"面具"是人真正的自我呢？似乎很难说。心理学家还认为，如果一个人真正认为自己是另一个人，他就可以发掘他性格潜在的，却被忽视了的另一面。现代派作家对人的几重性格的发掘研究，更汇入叶芝这一探索之中。对于渴望着新的经验的诗人来说，这自然也更使"面具理论"趣味盎然了。

《乞丐对着乞丐喊》就可以做一个例子。诗中的说话者是一个老乞丐，自然无法与叶芝画等号，但乞丐却用辛辣的语言吐出了叶芝自己所说不出口的一些想法。这些想法也许在叶芝脑海中或者潜意识中闪过，但作为一个成名的诗人是无法直接写在作品里的。另一方面，真设想自己是个乞丐了（许多先前不曾有过的思想、感受甚至经验，也都逼真地涌上了笔端），便更从另一角度反映了心灵的丰富性，扩大了诗的表现领域。

同时，叶芝还把这些"面具"人物放到充满戏剧性的处境中——或是一场争吵，或是一次约会；而在这种戏剧性处境中的一个甚至两个、三个人物都可能是叶芝的一部分自我，这就使作品具有生动的深刻性。《英雄、姑娘和傻瓜》里三个人物处于一场"形而上"的争吵中。他们各自显露真实性格，不同的自我被刻画得淋漓尽致；傻瓜在一旁发感想，有一种痛苦的幽默感，颇有莎士比亚戏剧中丑角的意味。有时这种丑角其实也是叶芝自我嘲讽、自我拆台的那一部分人格。无疑，诗是很难离开抒情主体即自我的，但经过了这样的"面具"处理，多少达到了主客观的平衡，增添了一种充满张力的强度。

叶芝自己说过，他的作品的特点是发出了"个人的（独特的）声音"，但他又认识到，仅仅是晚期浪漫主义那种"个人的声音"无法构成作品的有机整体。在他早期的创作实践中，他还发现自己"个人的声音"有着变为"个人的伤感"的危险；这样，诗就不会去反映现实世界，而是一味沉溺于描写各种各样的自我怜悯和自我陶醉。"个人化"成了"个人诗"，使诗的表现领域越来越狭隘了。在二十世纪初，由于资本主义社会里人的异化危机加剧，诗人（个人）作为宇宙中心的浪漫主义概念的幻灭，"个人化"的诗也确实很难写得好。另一个较叶芝稍晚的著名诗人艾略特，同样主张"非个人化"的理论。虽然艾略特更强调这样一点：诗不是诗人个性的直接流露，而是不带个人感情色彩的技巧追求。但是叶芝与艾略特在反对个人直接抒情上是异曲同工的，叶芝关于"面具"的一些想法与写法在以后产生了很大影响。

1918 年左右，叶芝诗中的象征主义技巧有了长足进展。从广义上说，象征作为一种创作技巧是早已有之的，但在现代派诗歌史中，象征主义是最早崛起的一个有宣言、有理论的流派，也是最重要、最有收获的一个阶段。在具体的创作实践中，象征主义诗人几乎每个人都有自己独特的写法；叶芝同样也创建了他自己的一套象征主义体系。他的散文著作《幻象》对此做了专门的阐述。在他的一些作品中，月亮的运动和盈亏成了一个十分重要的总象征：月明、月暗、月圆、月残，都体现了叶芝向往的变化中的统一；总的说来，叶芝的象征也就是围绕着主观和客观、变和不变的辩证关系展开的。这种象征的作用，在叶芝看来，简直是贯通天人，奥妙无穷，可以用来解释世界的历史和人类的命运。从哲学意义上说，这种想法不免是幼稚的，但它满足了他艺术创作的需要。这一时期的作品中，经常出现的是旋转的楼梯（或轮子）和倾颓的塔尖（或屋顶）。旋转多少带有螺旋式上升、否定之否定的内涵，塔尖则往往意味着残破的现代，而废墟上也会出现新生的理念。他那带有贵族色彩的唯心史观，使他在塔尖上是往后看的，因此拜占庭成了叶芝想象中艺术家的乐园。此外，叶芝的象征主义体系又掺进了不少神秘主义的东西。在《幻象》中，他还画过两个交叉在一起的圆锥形图案，一边是"阳"，旁边注着"空间、道德、客观"；一边是"阴"，旁边注着"美感、时间、主观"。它们代表了每个个人、每个国家、每个时代中的矛盾的成分，两者都是存在的、互相转化而又由空间和时间决定的。叶芝把什么东西都挂了上去，仿佛冥冥之中先验地有着这样的图案，一切就都有了注定的开始和结局。

　　《丽达与天鹅》就是一首体现了叶芝独特的象征主义的名诗。按照叶芝神秘的象征主义体系，历史每一循环是两千年，每一循环都是由一位姑娘和一只鸟儿的结合开始的。我们公元后的两千年是由玛丽和白鸽（即圣灵怀孕说）引出，而纪元前的那一次循环则是由丽达和天鹅产生的。在希腊神话中，众神之王宙斯变形为天鹅，使丽达怀孕产了两个蛋，蛋中出现的是海伦和克莱提纳斯。海伦的私奔导致了特洛伊战争，而克莱提纳斯和奸夫一起谋杀了阿伽门农。诗把丽达与天鹅的结合作为历史的开端来写，在"毛茸茸的光荣"和"松开的大腿"之后，却呈现了"燃烧的屋顶和塔颠"。批评家们于是对诗中丰富的象征内涵众说纷纭：有的认为叶芝的历史透视深刻地触及了人类历史最根本的因果问题，也有的提出这里涉及了人性、兽性、神性等复杂关系所形成的一个整体史观。自然，将这样一首富有深度的诗局限于一种解释并不足取，也不一定要把它作为一种历史的解释来读，不同的读者自可有不同的理解。其他一些诗，如《第二次来临》等也都是从具体形象写起的，但因为有了象征感，也就有了一种独特的历史感。

叶芝晚期的作品有一部分恢复到简洁、豪放、粗犷的风格。许多诗用民谣体写成，仿佛诗人真回到了斯莱果乡间那些朴实的平民之中。较突出的是一组围绕一个似乎疯疯傻傻的乡下老婆子"疯简"写成的诗。甚至可以说，此时的叶芝是带上一个"老傻瓜"面具的叶芝了。在一个人有限的生活中，怎样来最后看待"傻"与"不傻"，或者说"对"与"不对"呢？这是老年的叶芝回首往事所面临的问题。疯简的一些话似乎粗俗，但她是生活的过来人，尤其在爱情上，她有自己独到的见解，知道爱情需要灵魂和肉体的统一。她老年的智慧更有一种酸苹果似的涩味，她的一些漫不经心的话里其实充满了深刻的反嘲。人生活在这样的社会里，激情总是会受挫的，然而人又不能少了激情，正像黑格尔所说过的："没有激情一切都是完不成的。"疯简充满激情，又能嘲笑自己的激情，实际上达到了新的认识的高度。疯简这个形象包含了老年叶芝对生活的一种态度、认识，一种既不同于浪漫派，也不完全等同于现代派的态度。

在他去世前两个月，在一首题为《在本布尔本山下》的诗里，叶芝写下了自己的墓志铭："对生活，对死亡／投上冷冷的一眼／骑士呵，向前！"诗篇充满激情，但又是包含在冷静的认识里的激情，这也正是叶芝在文学上不懈追求的一生的写照。

我们前面谈到，叶芝从事诗歌创作的岁月，正值英国诗坛经历了沧桑变迁的年代——后期浪漫派、唯美派、象征派和现代派。叶芝在每个时期里都写出了优秀的作品，取得了独特的成就，这在现代英国文学史上是绝无仅有的。

原因之一，可以说是叶芝兼收并蓄的创作实践，也可以说是他开放性的创作实践。他从浪漫主义中走来，进入现代主义，而始终保持了浪漫主义的一些特色。他知识渊博，算得上一个学院派诗人，但他的作品一直带有民间文学的气息。他反对把艺术作为廉价的宣传品，但他自己却又为爱尔兰争取民族自治运动写出了辉煌的诗篇。难怪有的评论家至今惊讶于这样一个事实：作为现代主义的著名代表诗人，在现代主义业已退潮的今天却依然屹立着，令人赞叹、深思。

西方有些评论家把叶芝称为最伟大的，也是最后一个具有浪漫主义色彩的抒情诗人。之所以这样说，是因为在狭义的现代派诗歌中，传统概念上的"抒情"似乎成了一种格格不入的东西，甚至出现了"嘲抒情"和"反抒情"。这当然是与现代西方社会的异化危机分不开的。法国著名作家马尔罗模仿尼采"上帝死了"的说法，宣称"人死了"；意思是说，人遭到这样的异化危机，人已不是人了。第一次世界大战的残酷性和荒诞性，弗洛伊德学说关于人性的一系列说法，都使传统概念中的"人"动摇了；在浪漫主义幻想中作为"人类立法者"的诗人的地位也同样崩溃了。许多现代派诗人有意识地在否定的形式中看待一切"浪漫"的事物；按照这种形而上的探索，世界是如此荒诞、无人情、非理性。于是，诗人个人的抒情，似乎就变得无比肤浅和天真了。他们的一个想当然的冲动反应就是用冷漠对冷漠，用荒诞对荒诞；这当然是资本主义文明对其自身的认识有所发展的一个标志。现代西方社会中人性的扭曲和异化，也就这样在现代派诗歌中得到了某些深刻的反映，但又毕竟不是全面的反映。说到底，从历史的角度看，一切事物都是螺旋式地发展的，有了一种否定，必将进入另一种否定，而最初的否定往往是片面的、偏激的。叶芝的独特性恰恰在于没有采取那种"见树不见林"的否定。他在爱尔兰人民的追求和斗争中看到了人类感情的更高向往，尽管这条道路充满挫折，但总是要走下去的，更不能在路旁永远耽于幻灭、冷嘲和绝望。人道主义的理论不仅仅需要从否定的形式（如现代派）中表现出来，也需要在肯定的形式中继续发展，因此也就应该存在这样的抒情作品。叶芝用抒情来维护个人内心中残剩的情感和尊严，对这种文明做出他自己声音的批判。于是，叶芝的抒情诗也就成了现代派反抒情倾向的一个必不可少的对立面。（黑格尔认为，文学发展需要对立面和"异化"，也就是这个意思。）这有它的历史合理性。时代变了，人们的感受方式变了，抒情的方式更要变，变成一种更高形式的抒情。叶芝正是这样吸收和发展了现代派的某些技巧，为诗歌创作不断开拓出了新的领域。

当然，叶芝能这样做，还由于他的客观条件，也可以说是他的偶然性。当代苏格兰诗人绍利·麦克兰在题为《叶芝墓前》的诗里写过这样的句子："你得到了机会，威廉，／运用你语言的机会，／因为勇士和美人在你身旁竖起了旗杆。"这里的"勇士"指的是爱尔兰争取民族自治运动的志士仁人，"美人"则是茅德·冈。他们使叶芝得以投入当时的斗争，因此也就在人民中间获得了一个他为之奋斗的信念，而这种信念（旗杆），对大多数现代派诗人来说，却是几乎不可能有的。爱尔兰争取民族自治运动的正义性和崇高性，使得爱尔兰的精神气氛不同于欧洲其他国家，用叶芝自己的话来说，也就是爱尔兰有着"英雄的悲剧"的高度，这对叶芝的创作无疑产生了积极的影响。自然，一个诗人的成功，并不在于他生活在一个什么样的时代，而在于他怎样把自己在这个时代中的际遇最成功地写入诗篇。

英国现代著名诗人奥登写过一首题为《怀念叶芝》的诗，其中有两行这样写道："辛勤耕耘着诗歌／把诅咒变成葡萄园。"这里，奥登是从叶芝遭遇的不幸方面来着墨的。实际情况也确实如此，叶芝一生中的"诅咒"，在个人生活或时代氛围中都可谓多矣，但他恰恰是从这一切中写出了辉煌的诗篇。因此，正像瑞典皇家学院主席哈尔斯特龙在授予叶芝诺贝尔奖的授奖词中所说的那样："把这样一生的工作称为伟大，是一点不过分的。"

叶芝诗选编中的思考

裘小龙

《第二次来临——叶芝诗选编》的编译工作告一段落，漓江出版社的编辑小辛在编排完毕后又发来邮件，要我就编译的过程、体例再说几句。她的想法自有其道理，国内已出版了好几本叶芝译诗集子，那么，我们这本集子的特点在哪里呢?

一本译诗集，自然是译诗读起来也要有诗的感性;与此同时，在编选方面同样要下功夫，不能按照编译者个人的喜好来选译，更不能因为一些诗难理解、不好译，就不选入集子。诚如叶芝自己也说过的，那恰恰是"困难事物的魅力"。编译叶芝的诗集更是如此。他的写作生涯漫长，横跨了英语诗歌从后期浪漫主义到现代主义的转变时期，他自己的诗风也始终随之在变，很难像其他诗人那样笼而统之地一笔带过。1987 年，在漓江出版社出版第一本叶芝诗选集《丽达与天鹅》时，我也曾考虑到这些因素，尽可能多地收入了诗人著名作品，出版后却觉得还做得不够，想在再版时做些修正。只是，第二年我就作为福特基金会的访问学者去了美国，修订的事因此搁了下来。

二十世纪八十年代末刚到美国不久，我的老朋友，纽约大学的罗森塔尔教授（M.L.Rosenthal），邀我与妻子一起到他在纽约 Suffern 的家里小住几天，并在当地几所大学为我安排了学术活动。罗森塔尔是叶芝研究的权威，叶芝诗的编选者，也是著名的诗人与诗歌理论批评家。因为他对叶芝研究的杰出贡献，国际叶芝协会还特意把该协会的一个诗歌批评奖改名为罗森塔尔奖。我自然要抓住机会，就编选叶芝诗歌中怎样分期的问题，当面请教了他。在罗森塔尔看来，要编叶芝诗集，不仅要尽可能编选得面面俱到，还要兼顾历时性与共时性的角度，让读者看到诗人在不同时期的特点与发展。这样，或能对叶芝的诗歌有较全面的、有机的理解。在罗森塔尔家门口的草坪上，在郁郁葱葱、白云缭绕的落基山脉下，他跟我聊了长长一个下午。那些日子里，他身体其实已很差了。"浮云游子意，落日故人情。"遗憾的是，我当时却一点都不知情。

过了这许多年，终于有机会增订叶芝译诗选，又想到了罗森塔尔要我在编译时注意的时间段落问题，也查询了一些最新的有关资料。英美的叶芝研究者们对叶芝作品的分期，一直众说纷纭。有主张分成三个、四个、五个阶段的，各有各的论述和依据。如果把每个十年（这当然不可能精确）来粗线条地划分，我们大致上可以看到下面几个阶段。

一般说来，1890 年左右开始的十年为叶芝诗歌创作的第一个时期，也可以说是"后期浪漫主义阶段"。他受拉斐尔前派的影响，作品中呈现一抹梦幻、浮想联翩的色彩；而爱尔兰乡间生活经验，又为他的作品带来了独特的逼真、清新的色彩。他把自己的诗看成是对爱尔兰文化复兴的一种追求，他个人生活中也不乏因缘际会。1889 年，他与美丽的女演员茅德·冈相遇。她不仅在舞台上光彩夺目，还是十九、二十世纪之交爱尔兰争取民族自治运动的领导人之一。这在叶芝的心中、诗中自然平添了一轮浪漫、理想的光晕。这一阶段的代表作有《茵尼斯弗利岛》《当你老了》等。

1900 年左右，叶芝的诗风开始出现了变化。他的语言更富张力，常得心应手地把口语与书面语言融合在一起，诗行间更充满了微妙的暗示与反嘲。如在这一时期的《亚当的诅咒》中，我们就可以看到这些特点。1903 年，茅德·冈在多次拒绝他的求爱后，嫁给了另外一个人，这让他的诗多了苦涩的、现实主义的、不同于后期浪漫主义空洞抒情的感性。这一时期不妨称为"走出后期浪漫主义阶段"。

第三个时期，始于 1910 年前后。叶芝的诗作中渐渐出现了形而上学的层面以及警句式的修辞技巧。此时，现代主义正在西方诗坛渐渐崛起，现代派诗人艾兹拉·庞德当时尚未成名，有好几年的时间断断续续地为叶芝担任了助手工作。这两个诗人其实是相互影响的。叶芝的创作实践中也因此有了一种向现代主义诗歌派靠拢的倾向，形成了他诗歌创作中的一个高峰。1917 年，叶芝娶了乔治·海德－利斯，他作品中加深了神秘主义和象征主义的色彩。这阶段也可以称为"接近现代主义阶段"，其间的代表作有《第二次来临》《一九一六年复活节》《驰向拜占庭》等。

第四个阶段，在 1920 年左右展开。叶芝的诗艺已炉火纯青，攀登上了又一个难以企及的高峰，因此可称为"成熟的高峰阶段"。1923 年他获诺贝尔文学奖。他的创作兼收并蓄，同时有着现实主义、象征主义、神秘主义以及形而上学的特色，诗中语词的运用更有着人们难以想象的魔力。《塔》《丽达与天鹅》等诗篇是这阶段的代表作。

在叶芝去世前的那些年里写下的作品，或许可以简单地称为"晚年阶段"。尽管他身体欠佳，作品中却又再度迸发狂放的激情和活力，同时又节制、掌控自如。诗的语言返璞归真，形式也多种多样。《拜占庭》《马戏团里动物的背弃》《天青石雕》等都是那一时期的名篇。

毋庸赘言，上述阶段的划分不可能是绝对的。前一个阶段的特点偶尔也会在后一个阶段重新、重叠出现，这其实也是叶芝诗歌的独特成就所在。他从来都不是简单的扬弃，而是"螺旋"上升。

上面提到，《第二次来临》是叶芝诗艺成熟时期的一首代表作。诗名出自《圣经》，与叶芝自己的神秘象征主义体系也有关，即历史每一循环两千年，"伪耶稣"届时来临，给人类带来巨大的灾难。我们其实不必从宗教或神秘主义的角度去多加探讨。美国著名学者福山

1992 年在《历史的终结和最后的人》一书中曾提出，到了自由民主阶段，人们获得平等的认可，历史也就告以终结；可也就过了二三十年时间，叶芝在诗中所说的"伪耶稣"所带来的浩劫，就在世界各国出现，令人思之不寒而栗。

这一诗集的新名字是漓江出版社的编辑沈东子与辛丽芳建议的，我完全同意，感谢他们为这本集子的编辑所做的种种努力，也感谢他们，让我得以说出多年前在 Suffern 的那个下午，远方的地平线在罗森塔尔的友情和教诲中伸展……一本书的完成，不可能是著译者一个人的事。就像叶芝那首《在学童中间》所写的那样："我们怎样区分舞蹈和跳舞的人？"

第二次来临

——叶芝诗选编

后期浪漫主义阶段

记 忆

记着你，我找出这些娇弱的花一般的
韵，记着你，这个新月初霁的夜空，
在蓓蕾上，在草叶上，闪烁动人，
依恋不去的，是清爽的雨滴，露珠似闪；
是紫色的凉鞋掠过严峻的目光的钟点，
记着你，我沉思默想；而渐渐消融了，
是星光下，蜜一样的心中的从容，
低垂着，垂在柳树丛的寂静上面。

无休无止的寂寥，无以复加的悔怨，
唱着一颗星星年轻的沉思心灵，
裹在东方的重重叠叠的阴影里，
而"寂静"正举行着狂欢和宴席，
此刻，我的灵魂升起，与它接触轻轻，
远方，一声叹息，彼此的叹息，我们相见。

情 歌

我的爱，我们要走，我们要走，你和我，

要到那林子里去，把一滴滴露珠抖落；

要去看鲑鱼戏游，看黑鸦盘旋，

我的爱，我们将听见，我们将听见

牡鹿和牝鹿在远处互相唤叫，唤叫。

为我们婉转唱着的，还有枝头的小鸟，

那隐形的布谷，布谷的激情欢腾，

哦美丽的人儿，死亡决不会来临，

来到这遥远的、芳香满溢的树林。

火炉旁

来吧，梦着帝国和帝王，
在火炉架上，把一颗颗栗子烘；
在我们身边，白色的道路无穷无尽，
在悲恸的星星下，在星星下悲恸。

低语吧：免得我们也悲从中来，
在我们身边，一群群影子潜行——
别去管它——如果越过那影子，
飞滚着"命运"的狂怒的轮。

一个个帝国兴起，一个个帝国衰落，
吵吵闹闹的民族，插满羽毛的战争，
在一小时的梦想中把这一切衡量，
在火炉架上，把一颗颗栗子烘。

她居住在枫树林中

枫树林外，一个小小的男孩

在林子边瞥见一根灰羽闪烁；

一只小山羊，柔软的白耳朵拴着，

在他身边奔奔跳跳，轻盈又欢快。

枫树林里，一个小小的男孩

跟随着带环的鸽子灰羽闪烁，

中午用紫罗兰云彩的面纱把树木轻裹，

风，踮着脚尖伫立，低语窃窃传来。

他们在林荫深处停住，六只脚尖

交错在柠檬色的百合中，一只蜂

在长长的草里——四只眼睛垂得低低——一片

青苔，一个姑娘编织着，歌唱声声，

"我是孤独的静静夫人，我亲爱的伙伴，

在这只纺纱机上我纺着你的命运。"

悲哀的牧羊人

有一个人，"悲哀"把他称为伙伴，

而他，梦着他的知己"悲哀"，

沿着风急浪高的海边，缓步徘徊，

徘徊在那闪烁又窸窣的沙滩，

他大声叫着，要星星从黯淡的

王座上俯身给他安慰，可星星

暗自窃笑，依然一个劲儿地歌吟，

那"悲哀"称为伙伴的人就高喊：

"灰暗的海洋，听听我最悲恸的故事！"

波涛向前卷去，发出古老的喊声，

在梦中翻腾，从山岭到另一个山岭。

他，逃离了海洋的辉煌的追袭，

在一个遥远、温煦的山谷中停下，

把他的故事倾诉给露珠晶莹，

但露珠压根儿顾不上，只在留神

倾听自己的露珠滴滴答答。

那"悲哀"称为伙伴的人再一次

来到了海岸，找到一只贝壳，心想：

"我要把我沉重的故事讲一讲，

最后我自己的话回响着，将悲戚

送入一颗中空的、孕育着珍珠的心；

我的传说将会歌唱我自己，

而我的低语也有安慰的情意，

看呵，我多年的负担将无影无踪。"

于是他在珠贝边缘上温暖地歌唱，

但那独住在海边的伤心人

把他所有的歌变成了模糊的呻吟，

她在发狂的旋转中，又将他遗忘。

披风、船只和鞋子

"你把什么做得这样美丽又明亮？"

"我做一件悲伤的披风：
噢多么漂亮，在所有人的眼中，
将是那件悲伤的披风，
在所有人的眼中。"

"你用什么做帆去远航？"

"我制造一只驶往悲伤的船：
噢疾驶在海洋上，黑夜又白天，
悲伤的漂泊者向前，
黑夜又白天。"

"你用这样白的羊毛织什么？"

"我织一双悲伤的鞋子：

在所有人的悲伤的耳里，

无声的是那轻轻的步履，

轻轻，又为人所不期。"

印第安人给他情人的歌

晨曦下，梦着，梦着这座岛，
巨大的树梢，慢慢滴落宁静；
平坦的草地上，母孔雀翩翩舞蹈，
树梢上，一只鹦鹉正摇晃不停，
怒斥着闪光海水中自身的投影。

这里，我们要停下孤零零的船，
手携着手，向前漫游，款步依依，
唇贴着唇，温柔体贴，低语喃喃；
我们走过沙滩，走过草地，
絮絮说，那不平静的土地多远。

我们可真是远离尘嚣的人，
隐藏在静谧的、岔开的树枝下，
我们的爱情成长为一颗印第安星，
一颗燃烧着的心的陨石啊，
随着潮汐熠熠，翅膀闪烁、飞腾。

沉重的枝头，闪亮的鸽子啾啾，

一百天了，还在叹息和呻吟：

我们死后，影子将怎样漫游——①

海水昏昏欲睡的灿烂，黄昏让

飞禽朦胧、潮湿的足音宁静。

落叶纷纷

秋天去了，长长的树叶爱怜地拂人，
秋天去了，老鼠纷纷藏进大麦堆中；
我们头上的山梨树哟，黄叶纷纷，
又湿，又黄，还有野刺莓叶子飘动。

爱情消退的时刻已把我们包围得严严，
疲倦、磨损，是我们此刻悲恸的灵魂；
让我们分手吧，在激情的季节忘却我们之前，
在低垂的枝头上，洒一点泪，接一次吻。

高尔皇帝的疯狂 *

我坐在水獭皮的垫子上；

从伊斯到厄曼①，我的话就是法律，

在英弗阿米金震荡，震荡，

在那扰乱世界的海员的心底；

我的话把混乱和战争从

女孩、男孩、人和兽的身边赶走，

田野一天天肥沃喜人，

空中的飞鸟越来越多，

每一个古代的学者都将

自己花白的头低下说，

"他赶走了冰冷的北风。"

他们不会无声，叶子在我身边闪动，山毛榉叶冷冷。

我端坐着沉思，又把美酒畅饮，

---

* 这是叶芝在英国发表的第一首诗。在爱尔兰古老的传说中，有一个皇帝发了疯，藏在考克附近的一处峡谷里。人们相信，如果情况允许的话，爱尔兰的女人都愿意去那里。叶芝的父亲作过一幅画，把叶芝画成"高尔皇帝，把一张竖琴的弦扯掉，陷于一阵青春的疯狂"。

一个牧羊人从山谷里出现，

哭哭嚷嚷，说海盗赶走他的羊群，

去装满他们鸟嘴形的空帆船。

我叫来我冲锋陷阵的士兵，

让我华丽的黄铜战车和他们一起出发，

从起伏的山谷驰向河畔的林荫，

在眨着眼睛的一颗颗星星下，

向着海边的海盗们扑了上去，

把他们扔进长眠的深渊：

这些手赢得了许多只金项圈。

他们不会无声，叶子在我身边闪动，山毛榉叶冷冷。

但慢慢地，当我高叫着转过身，

踩在冒着水泡的淤泥中间，

在我最深的秘密精神中，

冒出一团旋转、飘忽的火焰：

我伫立着，在我头上，星星璀璨，

在我身边，闪着人们明亮的眼睛；

我大笑着，在岩石密布的海岸，

在茂密的沼泽中匆匆前行；

我大笑着，因为鸟儿惊起，

星光闪烁，云彩高高地飘去。

灯芯草起伏着，海浪翻腾。

他们不会无声，叶子在我身边闪动，山毛榉叶冷冷。

偷走的孩子 *

史留斯树林高地中的一片

乱石嶙峋，向着湖心倾斜，

那里一座小岛，岛上枝叶葱葱，

一只只展翅的苍鹭惊醒，

睡意沉沉的水耗子，

那里，我们藏起了自己。

幻想的大缸里装满浆果，

还有偷来的樱桃，红红地闪烁。

来吧，人间的孩子！

与一个精灵手拉着手，

走向荒野和河流，

这个世界哭声太多了，你不懂。

---

* 在叶芝的早期作品中，这是一首带有逃避现实倾向的代表作。诗中出现的一些地名，如"史留斯树林"等都是斯莱果乡间的真实名字，叶芝把现实和幻想交织在一起了。"这个世界哭声太多了，你不懂。"——孩子要跟随精灵一起到另外一个世界。不过，叶芝在这首诗里还表达了一种矛盾的思想：不朽的仙境固然美好，但人间的欢乐和感情也就消失了。因此在最后一节中，孩子虽然走向仙境，却是"眼睛严肃"的，这种矛盾在叶芝以后的作品中得到了发展。

那里，明月的银波轻漾，

为灰暗的沙砾抹上光芒，

在那最遥远的罗赛斯，

我们整夜踩着步子，

交织着古老的舞影，

交换着双手，交换着眼神，

直到最后月亮也已消失；

我们前前后后地跳个不已，

追赶着一个个气泡，

这个世界充满了烦恼，

甚至在睡眠中也是如此焦虑。

来吧，噢人间的孩子！

与一个精灵手拉着手，

走向荒野和河流，

这个世界哭声太多了，你不懂。

那里，蜿蜒的水流从

葛兰卡的山岭上往下冲，

流入芦苇间的小水坑，

小得容不下一颗星星；

我们寻找熟睡的鳟鱼，

在它们的耳朵中低语，

带来一场场不安静的梦；

在那朝着年轻的溪流中

滴下一滴滴眼泪的蕨上，

把身子轻轻倾向前方。

来吧，人间的孩子！

与一个精灵手拉着手，

走向荒野和河流，

这个世界哭声太多了，你不懂。

那个眼睛严肃的孩子

正和我们一起走去：

他再也听不到小牛犊

在温暖的山坡上呜呜，

或火炉架上的水壶声声，

向他的胸中歌唱着和平，

或眺望棕色的耗子，

围着燕麦片箱子跳个不已。

因为他来了，人间的孩子，

与一个精灵手拉着手，

走向荒野和河流，

这个世界哭声太多了，他不懂。

海水中的小岛

羞答答的人，羞答答的人，
我心中羞答答的人呵，
在壁炉的火光中移动，
在一旁款步，忧思深深。

她把一盆盆菜肴端进，
一盆接一盆，排成一列。
我愿与她一起携手前去，
去海水中的一座小岛。

她把一支支蜡烛带进、
照亮那放下窗帘的房间，
羞答答的，在门前，
羞答答的，在阴影中。

羞答答的，像小兔子一样，

乐意助人，却羞答答的。
我愿与她一起飞向
那海水中的一座小岛。

走过柳园

在那柳枝花园下边，我遇上我的爱；
她走过柳枝花园，赤裸的纤足雪白。
她要我轻松相爱，像绿叶自然抽生，
但是我年轻而愚蠢，她的话我没听。

在河边的田野里，我的爱和我伫立久久，
在我倾斜的肩膀上，她放下雪白的手。
她要我轻松生活，像堰上长满了玫瑰，
但我那时年轻而愚蠢，如今满眶眼泪。

给时间十字架上的玫瑰 *

我日子中红色的、骄傲的、悲哀的玫瑰！

来到我身边，我在用古老的方式歌唱：

库却览怎样与苦涩的潮水争斗，

林子中长成的巫师，暗淡的眼色安详，

在费古斯身边投出梦、人所未闻的毁灭；

在穿银凉鞋的舞蹈中，在海面上，

繁星在这一切中变老，你自己的悲哀，

唱着它们高旷、孤独的歌声。

来到我身边，再不因为人的命运迷途，

在爱与恨的树枝下，在所有可怜的、

仅仅活了一天的东西中，我发现

永恒的美正漫步行走在她途中。

---

* 叶芝早年的一本诗集名字叫《玫瑰》，这是在卷首介绍这本集子主题内容的诗。玫瑰象征着爱尔兰民族的远景，玫瑰同时也象征着茅德·冈，叶芝一生深爱的女革命者；在诗人的心目中，她的民族主义政治主张，还有她富有野性的美，一起交织成爱尔兰的美丽象征。诗人在唱爱尔兰古老的歌时，邀请玫瑰走近身边；他要唱爱尔兰神话传说中关于库却览、费古斯、伊尔以及古老巫师的故事，但他同时也要唱普通的事与人，要听到上帝对死者所说的话，用一种人们还不会的语言来歌唱。

来得近些，更近，更近——哦，给我

留一点点空间，让玫瑰的呼吸融入其中！

唯恐我再也听不到在渴望中的普通东西；

那虚弱的虫子在小洞中往下藏身，

田鼠奔过我脚边，奔在野草中，

在人的沉重的希望与劳作中狂奔，

但我只是想独自听上帝所说的

奇特的事，鼓舞那些死了很久的心，

学习用一种人们所不知道的声音歌吟。

来得近些；在我要离开的时间前，

我要歌唱古老的伊尔还有其他悠久的途径：

唱红色的、骄傲的、悲哀的玫瑰，白天或夜晚。

世界的玫瑰

谁梦到美消逝了，像一场梦？

因为那红唇，充满悲哀的骄傲，

悲哀着，再没有新的奇迹来到，

特洛伊消逝了，在阴郁的光线中，

而厄斯娜①的孩子们也已死掉。

我们和忙碌的世界，正在消逝：

那动摇和让步的，在人们的灵魂中，

像苍白的流水，流于冬日的行程，

在消逝的星星下，天空的泡沫里，

活在这一孤零零的脸容。

低下头来，安琪儿，在你们暗淡的住处：

在你们出生前，或任何一颗心跳动前，

---

① 即黛特。她的父亲是厄尔斯特王康克帕的琴师，她未出生时，已有关于她的美貌和悲剧的预言。她与纳西恋爱，被康克帕处死。她那不向命运屈服的形象曾在爱尔兰文艺复兴运动中打动了许多作家。

一个疲倦而善良的人盘桓在他的座位边；

他使这世界变为一条长满芳草的路，

在她漫步独行的双脚前。

和平的玫瑰 *

如果在天堂与地狱相逢的
那一刻，迈克尔，上帝的
大天使，从天堂门的岗位上
往下看你，他忘了他所做的事。

再也不苦苦思想着上帝
在神圣的宅地上的那些战役，
他会起身，从星星中为你织出
一只花环，戴在你头上多艳丽。

人们看到他俯下身，听到
白色的星星说着你的赞颂，
受那些温柔的方式引领，
最终来到上帝的伟大城镇；

---

* 这首诗也是为茅德·冈写的，诗人写得很夸张，大意说上帝的大天使都为她的美貌
所倾倒，甚至上帝也甘愿为了她把战争停下，带来天堂和地狱之间的和平。

上帝会让他的战争暂停，

说现在一切都平平安安，

温和地带来玫瑰色的和平，

在天堂和地狱之间。

仙境中的一支歌

歌是仙境中的人在蒂阿姆特和葛拉妮亚①上面唱的，他们正在一个大石台下度过新婚之夜。

我们这些年迈，年迈又欢快的人，
哦如此年迈，
几千几千年了，几千几千年了，
如果所有的岁月都算一算。

给这些刚刚从尘世来的孩子
安宁与爱情，
还有长夜中缓缓滴着露珠的时刻，
以及头上的星星。

给这些刚刚从尘世来的孩子
远离人群的休憩深深，

---

① 葛拉妮亚是爱尔兰民间传说中一个美丽的女人，她与情人蒂阿姆特一起逃离年老的丈夫，逃遍了整个爱尔兰，但蒂阿姆特最后还是被她的丈夫杀死了。

还有没有比这更好、更好的事?
那么就告诉我们。

我们这些年迈，年迈又欢快的人，
哦如此年迈，
几千几千年了，几千几千年了，
如果所有的岁月都算一算。

茵尼斯弗利岛 *

我要起身走了，去茵尼斯弗利岛，
去那里建座小房，泥土和柳条的小房；
我要有九排芸豆架，一个蜜蜂巢，
独居于幽处，在林间听群蜂高唱。

于是我会有安宁，安宁慢慢来临，
从晨曦的面纱到蟋蟀歌唱的地方；
午夜一片闪光，中午燃烧得紫红，
暮色里，到处飞舞着红雀的翅膀。

我要起身走了，因为我总是听到，
听到湖水日夜低低拍打着湖滨；
我站在公路，或在灰色的人行道上，
在内心深处听到那水声。

---

* 爱尔兰民间传说中的一个小岛。

摇篮曲

安琪儿们正俯下身子，
俯身在你的小床上，
他们倦了，再没有兴致
与哀鸣的死者一起乱逛。

看着，看着你这样强壮，
上帝在天堂里笑个不停，
夜空中，北斗星正闪闪发亮，
因为他的情绪充满欢欣。

我吻着你，又频频叹息，
我必须承认，必须承认，
我会想你，因你不在身边想你——
当你长大了，长大成人。

爱的遗憾

一件无可言喻的遗憾，
深深藏在爱的心中：
那些在买卖东西的人，
那些在上面赶路的云，
那又冷又潮地紧吹的风，
还有阴影幽暗的榛子林，
那里，鼠灰色的水流急涌，
威胁着我热爱的那个人。

爱情的悲哀*

屋檐下一只麻雀啁啾不停，

璀璨的银河，皎洁的月亮，

还有树叶间了不起的和声，

抹去了人的喊声和意象。

一个姑娘站起身，多悲的红唇，

仿佛伟大的世界泪下簌簌，

同奥德修斯和船只一般遭受厄运，

傲得像那与儿孙一起被杀的普莱姆。

她站起身，在即刻开始吵闹的屋檐上，

---

* 这是叶芝自己改动次数最多的一首诗。第一节中虽然有一只麻
雀在啁啾，但宇宙一片和谐的景象，抹去了人想望的，但总要消失
的事——"人的喊声和意象"。只是这种和谐却被一个姑娘破坏了，
她"遭受厄运"可又是骄傲的。（叶芝这里也许是把她和海伦联系
起来了，她带来了特洛伊王普莱姆的死亡和希腊英雄奥德修斯的厄
运。参见荷马的史诗《伊利亚特》和《奥德修斯》。）这种混乱的状
态在第三节得到了进一步的描写。"麻雀"消失了，屋檐上一片"吵
闹"，树叶一度传出的"和声"现在成了"悲叹"，"人的喊声和意象"
成了混乱的总象征。

空旷的夜空中爬上一轮月亮，

还有无数的树叶的悲叹，

只能形成人的喊声和意象。

当你老了

当你老了，头发灰白，满是睡意，
在炉火边打盹，取下这一册书本，
缓缓地读，梦到你的眼睛曾经
有的那种柔情，和深深的影子；

多少人会爱你欢乐美好的时光，
爱你的美貌，用或真或假的爱情，
但有一个人爱你那朝圣者的灵魂，
也爱你那衰老了的脸上的哀伤；

在燃烧的火炉旁边俯下身，
凄然地喃喃说，爱怎样离去了，
在头上的山峦间独步踽踽，
把他的脸埋藏在一群星星中。

白 鸟[*]

我祈愿我们是大海波涛上的白鸟，哦我的爱人，
陨星还来不及暗淡远遁，我们已厌倦了坠落的闪亮，
暮色朦胧，蓝色的繁星闪烁，低悬在天垂的一方，
在我们的心中，哦我的爱人，唤起了不会消退的哀伤。

一种疲倦来自这些梦者，露水缀满，百合花和玫瑰，
噢别梦着它们，我的爱人，那流失的陨星的光辉，
或那在露水的低滴中迟迟不去的蓝色繁星闪烁，
因为我希望我们变成奔腾的波浪上的白鸟，你和我。

我迷上了那些难以尽数的岛屿，临海的达南仙境，
那里时间肯定会忘了我们，悲伤再也不向我们挨近，
很快我们将远离百合花、玫瑰以及光焰的烦闷，
只要我们是漂浮在海面上的白鸟，哦我的爱人。

---

* 叶芝在诗题下加了一个注："仙境中的岛据说像雪一样白，达南岛即仙人居住的岛屿。"

一场梦见了死亡的梦

我梦见一个人在陌生的地方死去，
附近没有任何熟悉的人，
他们在她的脸上把木板钉起，
他们，那片土地上的农民，
让她躺在孤独中，心里感到惊讶，
于是就在她的坟墓上高竖
一个用两片木头做成的十字架，
还在四周栽下了杉树，
从此让她去伴着无动于衷的星星，
最后直到我刻下这两句话：
她曾比他们初恋时更要动人，
但是现在她长眠在木板下。

在天堂里的凯瑟琳伯爵夫人 *

所有沉重的日子都已经过去，
在草叶和苜蓿的下方，
身体留下了色彩鲜艳的骄傲，
脚儿并排地置在地上。

沐浴在责任的闪光喷泉中，
她没想过去要一件高傲的衣裳；
带着所有悲哀的美，
她来到芳香的橡树衣柜旁。

来自圣母玛利亚的吻
是否把音乐注入了她脸颊？
但她用小心的脚步走着，

充满土地古老、谨慎的优雅。

在七天使的脚步中，怎样的
一个舞蹈者在闪烁发光，
所有的天堂向天国鞠躬，
火焰对火焰，翅膀对翅膀。

谁和费古斯①同去

现在，谁又和费古斯一起驱车前去——
穿过深邃的树林和重重交织的影，
到那平坦而宽广的海岸上，纵情舞蹈？
呵青年，抬起你那赤褐色的眉毛，
呵姑娘，张大你脉脉含情的眼睛，
只是想着种种希望，再不要畏惧。

再不要转开身去，独自苦思深深，
苦思着爱情的神秘，辛酸的神秘，
因为费古斯统治着黄铜的车辆，
统治着树林中重重叠叠的阴影，
统治着黑色海洋的雪白的胸脯，
还统治着披头散发、徜徉的群星。

---

① 在爱尔兰民间传说中，费古斯是骄傲的红枝皇帝传说中的皇帝，他自愿放弃了他的王位，独自沉思着，梦想着，学习诗人和哲学家的智慧。

领养老金的老人的悲哀

虽然在一棵折断了的
老树下，我得以避雨躲风，
在所有那些谈论着爱情
或政治的人身旁，我的
椅子总是挪得距火炉最近，
在时光还未改变我之前。

虽然为了某个阴谋，小伙子们
又在开始忙着打造长矛，
那些发了疯的混混
尽情怒斥人间的暴政；
我只是沉思默想着
那还没改变我之前的时光。

从来没有一个女人
向折断的树转过她脸庞；
但那些我爱过的美人

都还留在我记忆中，

面对那改变了我的时光，

我一口口口水吐个不停。

吉利根老牧师的歌谣

那个老牧师彼得·吉利根，白天
或是黑夜，都感到疲倦不堪；
他有一半的牲口已经入眠，
或安睡在绿色的草皮下。

有一次，他在椅子上打盹，
在蛾子出没的黄昏时刻，
又一个穷人要他赶着出门，
他于是开始了悲哀的自怜。

"我没有休息、欢乐或安宁，
因为人们在死去，一个接着一个。
上帝原谅我，"接着他喊出声，
"刚才说话的只是我身体，不是我。"

他跪下，在椅子上俯身，
祷告、祷告——他睡着了，

在田野上黄昏消散的时分，
星星开始一颗颗出现。

接着星星变成了上百万颗，
树叶在风中轻轻抖动，
上帝用影子覆盖了世界，
对着人类私语低声。

当麻雀啼叫的时候，
小飞虫再一次来临，
老牧师彼得·吉利根
在地板上猛一下站起身。

"完了，完了！我在椅子上
睡觉时，那人已性命告终——"
他把熟睡的马匆匆唤醒，
手忙脚乱地骑马而行。

他从来没有那样急不择路，

穿过沼泽和乱石遍布的小径；
那个病人的妻子打开门，
"神父，你又一次来临。"

"那可怜的人死了？"他喊道，
"一小时前他去世了。"
那个老牧师彼得·吉利根
登时悲伤得不能自已。

"你没在的时候，他翻了个身
咽气，快乐得就像一只鸟。"
那个老牧师彼得·吉利根
听到这话猛地跪下身。

"他，那个为疲倦、流血的灵魂
创造了满天繁星的人，
派了他一个大天使下来助我，
在我最需要帮助的一刻。

"他，那个身披紫袍的人
关照着如此众多的行星，
对最小的东西——在椅子上
睡着时——也是满怀同情。"

梦见仙境的人

他站在勃朗姆亥的一群人中；
他的心全挂在一件丝衣上面，
在大地把他搂进乱石嶙嶙的怀抱之前，
他终于得到了一些脉脉温情。
但当一个人把鱼倒成了一堆，
仿佛鱼儿抬起小脑袋，银光闪亮，
唱着在一个编织起来的、为世界所遗忘的
岛上，金色的晨曦或傍晚的霞辉。
那里，人们在汹涌的海洋旁相爱深深，
时间在一无变化的屋顶下
从不给在树枝下织成的爱人誓言带来损害：
这歌声可把他从新的安宁中惊醒。

他沿着利萨特尔的海滩漫步行走，
头脑里尽是钱财上的忧虑和挂念，
岁月在山岭下垒起他的坟墓之前，
他终于懂得了一些审慎的年头；

但当他走过一个水声轻溅的地方，

一条沙蠋用泥污的灰暗嘴唇，

唱着东南西北中的某一地点，

住着一个民族，温和欢畅，

在金闪闪的、银灿灿的天空下面，

如果一个舞蹈者把他渴望的脚暂停，

月亮和太阳仿佛就在那果实累累之中，

听到这片歌声，他的头脑就有些发乱。

他在斯卡那温的井旁冥想苦思，

他想着他的嘲笑者们：可以肯定

他突然的复仇成了乡间一个传闻，

当黯黑的夜晚把他的躯体吞了进去；

但长在池塘旁的一株小小的两耳草叶

在那里歌唱——毫无必要的残忍的声音——

古老的寂静吩咐它的选民欢欣，

无论汹涌的水波怎样落下又跃起，

或风雨的银闪怎样使白昼的金焰烦乱，

那里的午夜把人们收拢，就像羊群，

那里爱人在爱人的身边，充满安宁，

于是这个故事把他愤怒的情绪驱散。

他在卢格那格尔①的山岭下睡去了，

在冷冷的、烟雾蕴裹的斜坡上，

也许终于不受缠扰地安睡了一场，

现在大地已吞入了人和其他的一切：

那围着他的骨头蠕动的虫子

可曾用那并不怪异的尖锐嗓音宣称，

上帝把他的手指放到了天空中，

从这些手指间，闪光的夏日奔失了，

在无梦的波浪旁的舞蹈者身上。

为什么这些情人，没有情人想念

梦，直到上帝用一吻燃烧了自然，

这个人在坟墓里也没有一丝安慰可想。

---

① 这一地名以及此诗中提到的其他地名都是斯莱果乡间的真实地名。

给我在炉火边谈过话的那些人 *

当我努力在安排一阵阵复杂的音韵，

心中又洋溢着那些岁月的梦想，

那时我们在炉火上俯下身，谈论

那些肤色黝黑的家伙，他们的灵魂

充满激情，就像盘旋枯树的蝙蝠，

以及任性的伙伴，一起在暮色中，

他们的叹息交杂着悲伤与满足，

因为他们怒放的梦想还未曾

被美好或邪恶的果实压弯：

还有那些交战中激情燃烧的鸟群，

它们飞起，翅膀叠着翅膀，火焰

叠着火焰，像风暴，喊着神圣的名，

它们的剑刃乒乓交加，传出

---

* 这是叶芝早期的一首诗，但也常被批评家认为是诗人开始受到现代派诗歌影响的一首代表诗，体现出一些不同于传统浪漫主义的特色。诗中的意象含混，既写到争取爱尔兰民族自治的志士仁人，也故意掺杂了蝙蝠和禽鸟的意象，相互象征，组成一个人与自然的整体。

狂喜的音乐，清晨来临，白茫茫的
静谧终止了一切，除了长长的翅膀
还拍击出声，白色的脚闪亮。

给未来岁月中的爱尔兰 *

知道，我会被看作是这样

一伙人的真正兄弟，他们唱着

民谣和故事，歌曲和诗行，

让爱尔兰的苦难变得甜蜜。

我不会因为她的红玫瑰

镶边，及不上他们任何人，

早在上帝创造天使部落前，

她的历史就已开始紧跟

在所有写成的书页后。

当时间开始咆哮、怒吼，

她双脚飞舞，跳出那让

爱尔兰的心跳起来的节奏；

时间吩咐所有的蜡烛燃烧，

把这处或那处的韵律照亮，

愿爱尔兰的头脑用一种

---

* 诗中提到的几个人都是著名的爱尔兰民族主义者。大卫（1814—1845），青年爱尔兰党的领导人兼诗人；曼甘（1803—1849），浪漫主义诗人和翻译家；弗格森（1810—1886），把盖尔特民间传说翻译成英文的诗人。叶芝认为他自己并不比他们逊色。

缓慢的宁静沉思默想。

我也不会被看作是不如
大卫、曼甘、佛格森那样的人，
因为，对善于思想的头脑来说，
我的音韵比他们的说得更深，
关于那些在深处发现的、
只有身子在其中熟睡的东西。
因为那些最基本的生物围着
我的桌子转动，那些从不细细
斟酌的头脑在匆匆赶来，
在洪水和风暴中咆哮，怒吼；
但他这个缓慢地行走的人，
一定会用凝视交换凝视。
跟在红玫瑰镶边后，人们
继续与他们一起向前行。
呵，仙子们，在月光下跳舞，
在巫师的土地上，随他们的曲子。

当我还能写的时候，我为你

写我经历过的爱情，我知道的梦幻。

从我们出生到我们去世，

其实不过是一眨眼的时间。

而我们，我们的歌唱和爱情，

时间在上面所照亮的音韵，

以及所有围绕在我桌子

来来回回的愚蠢事情，

正在进入那可能的地方，

在真实的强烈狂喜中——

那可不属于爱和梦的场所；

因为上帝用白色脚步走着。

我把我的心投入音韵，

而你，在朦胧的未来时间，

会知道我的心怎样随他们前行，

跟随那红玫瑰的镶边。

爱人讲着心中的玫瑰花

所有丑陋和破碎的事物，所有陈旧和古老的事物，
路边的孩子的一声喊叫，缓行的大车的一声叽嘎，
那个耕夫的沉重的脚步，溅起冬日的一阵阵泥土，
都在损害着你在我心深处盛开的玫瑰花形象。

丑陋的事物的错误，错得无以复加，无法再讲；
我多想重新塑造这些事物，坐在一旁的绿色小
　　丘上，
大地、天空、海洋，重新塑造，像一篮金子一样，
因为我想着你在我心深处盛开的玫瑰花形象。

空中的人们 *

奥德雷斯科尔用一支歌
驱赶着雄野鸭、雌野鸭，
把它们从"亲爱的"湖里
高高和密密的芦苇中赶下。

他看到黑夜的潮水来临时，
芦苇怎样渐渐地变得暗黑，
梦想着他的新娘布里奇特的
长长的、淡淡的秀发。

他歌着、梦着，他听到
一支风笛不停地吹响，
从来没有吹得这样悲哀，
从来没有吹得这样欢畅。

---

* 叶芝对这首诗的标题有如下一个注："这首民歌是根据我在斯莱果乡间一个老妇人处
听说的故事改编的。她还向我读了一首写这个题目的盖尔语诗，然后为我做了翻译，
我没有记下她的话，为此我一直感到遗憾。作为对当时疏忽的补偿，我写了这首民歌。
任何一个尝过精灵的酒和食物的人都会入迷，被精灵偷走，这就是布里奇特要奥德雷
斯科尔玩牌的原因。'空中的人们'在盖尔语中是'神仙'的意思。"

他看到年轻的小伙和姑娘

在一块平地上舞姿翩翩，

他的新娘布里奇特也在其中，

一张张又是欢快又是悲哀的脸。

跳舞的人围在他的身边，

向他把许多甜蜜的事儿唠叨；

一个小伙给他端来红酒，

一个姑娘给他捧上白面包。

但布里奇特扯扯他的袖子，

拉着他离开那一群欢乐的人，

来到正在打牌的老人们身旁，

那些老迈的手一动，一动。

面包和红酒有一种厄运，

因为那些在空中的人，

他端坐着，沉浸在那梦着

她长长的、淡淡的秀发的梦中。

他和愉快的老人们玩牌，

可没有想到邪恶的时刻逼近。

于是一个精灵把他的新娘

带离了在欢乐舞蹈的人们。

他把她抱在怀里带走，

他是那里最俊美的年轻人，

他的脖子、胸脯和手臂都一起

淹没在她长长的、淡淡的秀发中。

奥德雷斯科尔把牌扔开，

从他的梦中醒来，揉了揉眼，

老人、年轻的小伙和姑娘

都像一缕飘浮的烟似的消散。

但他听到一支风笛

在半空中不停地吹响，

从来没有吹得那样悲哀，

从来没有吹得那样欢畅。

鱼

月亮落下的时候，虽然你
在苍白的潮涨和潮落中躲藏，
可将来的人们总是会得悉，
我是怎样撒出了我的渔网，
你又怎样无数次跳呵跳，
跳在那一根根小小的银线上，
人们会想，你曾多顽固而可恼，
还用尖刻的话把你数落一场。

步入暮色

在一个疲惫的时代里，疲惫的心啊，
远远离开了那张是非织成的网，
欢笑吧，心，再一次在灰暗的暮色中，
叹息吧，心，再一次在早晨的露珠中。

你的母亲爱尔兰共和国永远年轻，
露珠永远闪烁，暮色永远朦胧，
虽然你失去了希望以及爱情——
这一切在诽谤的火焰中燃烧殆尽。

来吧，心，那里山岭连着山岭，
因为太阳和月亮，幽谷和树林，
还有小河和溪流，有着神秘的
兄弟之情，按着自己的意志前行。

上帝伫立着，把他孤独的号角吹响，

时间和这个世界总在飞逝中，
爱情还不如灰暗的暮色那样多情，
希望还不如早晨的露珠那样可亲。

漫游者安格斯之歌 *

我走出门，走向榛子树林，

脑袋里燃着一团火焰，

我砍下并削好根榛子树棍，

把一颗小浆果缚上了线；

到处，到处飞舞着白色的蛾子，

蛾子似的星星呵，在渐渐消去，

我把浆果抛入一条小溪，

钓上了一条银闪闪的小鲟鱼。

我把小鲟鱼放在草地上，

转过身把一团火苗吹起，

但什么东西在地上瑟瑟作响，

哦一个人正叫着我的名字；

鲟鱼变成了光艳照人的姑娘，

---

* 关于这首诗，叶芝自己做过一个注，选译如下："一支希腊民歌使我想起写这首诗，但希腊的民间信仰和爱尔兰的十分相像，当我写这首诗时，我自然想的是爱尔兰，还有在爱尔兰的精灵……"叶芝充分发掘了爱尔兰民间文学的宝库，又为之增添了优美的象征主义色彩，使诗获得了很大成功。在诺贝尔授奖仪式上，瑞典皇家学院的院长还特地提到了这首诗。

她的乌发里簪着苹果花，

她喊着我的名字奔向远方，

晨曦熹微中，终于消失了她。

虽然我老了，漫游得老了，

漫游到处的峡谷和山岭，

她去了哪里，我一定要把她找到，

执住她的手，亲吻她的唇；

漫步在光影斑驳的长草地，

摘着，摘着，直到时间逝去，

摘着月亮的一只只银苹果，

摘着太阳的一只只金苹果。

老母亲的歌

拂晓，我起身跪在炉前吹呵吹，
吹得火苗跳动，吹得火星四飞；
然后我得擦，我得烘，我得扫，
直到星星开始眨眼睛，往下瞄；
而年轻人久久躺着，在床上梦，
梦着彩带怎样配她们的头和胸。
她们的日子过得可是悠闲无比，
风刮倒一棵树，她们就会叹息；
而我必须操劳，因为我已年老，
火种真是越来越冷，越来越少。

女人的心

噢那小小的房间，于我又怎样——
那里洋溢着祷告和安谧的气氛；
但他要我走出来，在暮色中徜徉，
在他的胸脯上，把我的胸脯贴紧。

噢我母亲的关怀，于我又怎样——
虽然我在那幢房子中平安而温暖；
但我头发的阴影浓密，花事芬芳，
能让我们把凄风苦雨躲得远远。

噢那掩人的头发，露珠般的眼睛，
我再也不在乎生，也不在乎死，
在他温暖的心上，紧贴着我的心，
我的呼吸和他的呼吸交融在一起。

爱人悲悼着爱的丧失

静静的纤手，褐色的秀发，苍白的额头，

我曾有过一个美丽的朋友；

我梦想过那往昔的绝望

最终会在爱情中消亡；

可一天，她往我的内心瞥一眼，

那里，她看到你的意象依然；

她恸哭着，走得远远。

他要他的爱人安静

我听到黑压压的马群来临，长鬃毛抖动，

蹄声混乱沉重，白色的眼睛一闪闪；

北方在它们头上展开依恋、潜行的夜晚，

东方把破晓前的欢乐藏起，藏得紧紧，

西方在苍白的露珠中哭泣，叹息消逝的一切，

南方往下尽情倾注着紫色火焰似的玫瑰；

噢睡眠、希冀、梦幻和无穷欲望的虚空，

那灾难的马群冲入了沉甸甸的泥里：

亲爱的，合起你的眼睛，让你的心紧紧

贴着我的心跳，你的秀发垂在我的胸上①，

在安谧的暮色中，淹没了爱情孤独的时光，

让人看不到马群抖动的鬃毛、蹄子的踢蹬②。

---

① "秀发垂在我的胸上"这一形象常被评论家们誉为"头发的帐篷"：在这个"帐篷"里，丑恶的现实消失了。叶芝这一时期的诗里，出现了不少关于头发的描写，据称这是因为他和莎士比亚夫人的爱情关系。
② 古代爱尔兰人把象征死亡、恐怖和寒冷的冬天说成是呈马形的精灵。叶芝在这里把"马"发挥成黑暗的邪恶的象征。

他斥责麻鹬

噢麻鹬，再不要在空中叫，
要叫，就到西边的水畔去，
因为你的叫声使我想起，
那眸子激情模糊，头发又长又密，
头发散披，散披在我的胸上：
风声中，有着这许多的恶意。

他想起了那忘却的美

当我的手臂紧紧拥抱着你，
我把我的心贴着那片纯洁——
那世上已消失了的纯洁；
那顶让皇帝在军队溃逃时
扔进暗池里的珍贵皇冠，
那些做着梦的女人在地毯上
用银丝织出的，只是让吞咽
一切的蠹鱼肥了的爱情故事；
那些在往昔的日子里曾是
簪在女人的乌发中的玫瑰，
那些女人走过神圣的走廊时
捧在手里露珠一般冷的百合；
走廊里，灰色的云烟悠悠
升起，只有上帝的眼睛没闭：
因为那苍白的胸脯和依恋的手
来自一片充满梦幻的土地，
一个更充满梦幻的时刻，

当你在一个接一个的吻中叹息，

我听到白色的美神也在叹息，

因为那样的时刻：都像露珠般消失，

但是，火焰上的火焰，海洋下的海洋，

王座接着王座，那些地方浅浅地睡了，

他们的剑低垂于钢铁一样的膝上，

她沉思着她那高傲、孤独的神秘。

诗人致他的爱

我用充满敬意的手给你带来
我无穷无尽的梦的书本，
激情的折磨使得女人苍白，
像潮水磨得沙子灰而微红；
呵，从苍白的时间之火中传来的
号角声，但更古老的是我的心，
因为无穷无尽的梦而苍白的
女人，我向你献上激情的音韵。

他给他爱人的诗韵

用一枚金色的发针把你的头发系紧，
把每一绺散开的秀发轻轻扎起，
我命令我的心塑造这些可怜的韵：
一天又一天，心在韵上工作不已，
从那往昔岁月的战役中，
去塑造一个悲伤的可爱动人。

你只需把珍珠般洁白的手抬高，
扎好你长长的秀发，叹息长长；
所有男人的心呵，都得燃烧、剧跳；
暗色的沙滩上，泡沫像蜡烛一样，
星星爬上夜空，夜空中露珠轻掉，
星星活着，只为了把你的纤足照亮。

帽子和戏铃

小丑走进了花园，
花园就变得寂静；
他吩咐他的灵魂上升，
在她的窗棂上站停。

灵魂在纯蓝的外衣中上升，
于是猫头鹰开始嘶叫声声：
因为，想着宁静又轻盈的
脚步声，它的舌头也变得聪明。

但年轻的女王不愿倾听，
她穿着苍白的睡衣起身，
关上了沉重的窗扉，
还特意把窗销插紧。

当那猫头鹰不再嘶叫声声，
他吩咐他的心向她走近，

穿一件鲜红、抖动的衣服，
透过门，向她唱个不停。

因为梦想花朵一样的秀发
飘拂不停，舌头也变得甜蜜可亲，
但她从桌子上取了她的扇子
把那歌儿扇得无影无踪。

"我有帽子和铃，"他默默地想，
"我愿把它们给她送去，然后送命。"
当东方渐渐露出了白色，
他在她经过处留下了帽子和铃。

她把它们按在她的胸上，
在她云一样的头发下按紧，
她的红唇为它们唱了一支情歌，
直到星星都离开了苍穹。

她打开了她的门、她的窗，
于是一起进来了，灵魂和心，

往她的右手，那红的来临，
往她的左手，那白的来临。

它们激起了一阵蟋蟀般的噪音，
又是聪明又是甜蜜的絮叨声声，
她的头发是一束扎起的花，
在她的脚下，爱的宁静。

黑猪峡谷 *

露水慢慢滴落，梦境聚集：未知的长矛
突然掠过，就在我从梦中惊醒的眼前，
然后是骑士倒下的声响，无名的士兵
在毁灭中的呼喊，响起在我的耳畔。
我们依然劳作，在岸边的环状石头旁，
待白天浸没在露水中时，山坡上的
石堆标志，厌倦了这个世界的帝国，向你
鞠躬，你主宰着星星静谧，房门闪亮。

---

* 黑猪峡谷是爱尔兰东部的一处很长的堤坝，两边的堤坝墙看上去就像峡谷一样，"黑猪峡谷"的名字源自爱尔兰古老的神话传说，有着重要的象征意义。有批评家认为，叶芝在这首诗中把"峡谷"或"堤坝"看成梦幻与现实之间的象征。

他讲着一个满是情人的山谷

我梦见自己伫立于一个山谷，叹息阵阵，
幸福的情人们一对对经过我的身边，
我梦到我失去的情人悄悄地蹑出林间，
云彩般苍白的眼睑，眸子里闪着梦幻朦胧；
我在梦里嚷，女人们，吩咐小伙子躺下身子，
枕在你们的膝上，用你们秀发掩没他们眼睛，
记着她的脸，他们因此找不到其他动人脸容，
直到这个世界中所有的山谷都已消失。

他讲着绝伦的美

哦云一般白的眼睑，梦色朦胧的眼睛，

一辈子，诗人们辛辛苦苦地干，

在韵律中建造一种美的绝伦，

却一下子就给女人的顾盼推翻，

给苍穹那种悠闲的沉思推翻。

因而我的心深深鞠躬，当露水滴落睡意，

滴落在悠闲的星星和你之前，

一直到上帝把时间燃尽。

他听到芦苇的喊声

我独步前行，前行

在这凄凉的湖畔，

风在芦苇中呼喊声声：

除非那使星星运转

在轨道中的轴心破裂，

一双双手在深谷中舞动

东方和西方的旗帜，

光明的腰带也已放松，

除非到了那时，你的胸脯

不会紧贴你爱人熟睡的胸脯。

他想到那些讲他爱人坏话的人

合上你的眼睛，散披你的秀发，

梦着那些伟人和他们的骄傲；

他们在到处讲你的坏话，

但我用一口气创造出

这支歌去抗衡伟人和骄傲，

"他们说谎！"他们儿孙的儿孙会说。

秘密的玫瑰*

遥远的、秘密的、不可侵犯的玫瑰呵，

你在我关键的时刻拥抱我吧；那儿，

这些在圣墓中或者在酒车中

寻找你的人，在挫败了的梦的骚动

和混乱之外活着；深深地

在苍白的眼睑中，睡意慵懒而沉重，

人们称之为美。你巨大的叶子覆盖

---

* 玫瑰是美的象征。在这首诗里，这种精神上的美又是叶芝自己的一种信仰。按照克尔特的神秘主义，人们会从中得到一种真正的启示。叶芝在一个注里写明了他怎样运用他的材料："我发现我无意识地改变了孔区帕之死的老故事，他不是在幻象中看到耶稣受难的情景，而是别人告诉了他。我想象着孔区帕遇见范德走在'燃烧的露水中'，那大约是因为斯丹迪许·奥格莱迪的书中的某些内容的缘故。我创造那个'把神祇从要塞里驱赶出来'的人，根据的是我读到的关于葛巴拉战役后的考尔特的一些情况。我根据费古斯创造了'那个骄傲的、做着梦的皇帝'，但当我写这首诗时，我只是在斯丹迪许·奥格莱迪的书中读到过他。我创造'卖了耕田、房屋和日用品'的那个人，根据的是《红马驹》，那是拉米尼先生的《西爱尔兰民间故事》中的一个故事。一个青年在大路上看到一道光，路上是一只打开的盒子，光是从盒子中射出的。他拾起盒子，里面有一绺头发，不久他当了皇帝的仆人。一共有十一个侍从，晚上十点他们去马房。除了他以外大家都带了火，他根本没带蜡烛。每个人进了自己的马房。他进了马房，打开盒子，把盒子放在一个墙洞中。光十分亮，比其他的马房要亮上一倍。皇帝听到这个故事，要他把这个盒子拿出来。皇帝说：'你必须去把那个有这头发的女人给我带来。'结果，这个青年，而不是皇帝，娶了那个女人。"

古人的胡须，光荣的三圣人①献来的

红宝石和金子，那个亲眼看到

钉穿了的手和接骨木十字架的皇帝②

在德鲁德的幻想中站起，使火炬黯淡，

最后从疯狂中醒来，死去；还有他，他曾遇见

范德在燃烧的露水中走向远方，

走在风儿从来吹不到的灰色海岸上，

他在一吻之下丢掉了爱玛和天下；③

还有他④，他曾把神祇从要塞里驱赶出来，

最后一百个早晨开花，姹紫嫣红，

他饱赏美景，又痛哭着埋他死去的人的坟；

那个骄傲的、做着梦的皇帝⑤，把王冠

和悲伤抛开，把森林中那些酒渍斑斑的

流浪者中间的诗人和小丑叫来，

他曾卖了耕田、房屋和日用品，

多少年来，他在岸上和岛上找寻，

---

① "三圣人"指的是耶稣诞生时，三个从东方赶来朝圣的人。
② 在早期基督教传说中，孔区帕皇帝据说是在耶稣受难那天死的——听到那消息之后在一阵狂怒中死的，叶芝却把他写成在幻象中看到了受难的情景。"钉穿了的手"指的是耶稣的手。
③ 古爱尔兰英雄库赫兰被范德从他的妻子爱玛身旁引诱了过去。
④ 考尔特，爱尔兰传说中的英雄，奥辛的伙伴，芬的儿子，诗人兼战士。
⑤ "骄傲的、做着梦的皇帝"是费古斯。

最后他终于找到了，又是哭又是笑，

一个光彩如此夺目的女娃，

午夜，人们用一绺头发把稻谷打——

一小绺偷来的头发。我也等待着

飓风般的热爱与痛恨的时刻。

什么时候，星星在天空中被吹得四散，

就像铁匠店里冒出的火星，然后暗淡，

显然你的时刻已经到来，你的飙风猛刮

遥远的、最秘密的、无可侵犯的玫瑰花?

静静姑娘

"静静姑娘"去了哪儿,
她赤褐色的头巾点动?
那使星星醒来的风
从我的血液中吹过。
哦,我怎么能这般镇静,
当她站起身离去?
那唤起雷电的话语
正急急地闪过我的心。

爱人向他的朋友为老朋友说情

虽然你现在神采飞扬，

人群中的种种声音，

新朋友们都忙着把你赞扬，

不要骄傲或残忍，

而要尽多地想着老朋友：

时间的黑潮将会涌起，

你的美会消失，化为乌有，

所有的人都这样看，他却不是。

爱人对将来听到他的歌的人说

哦女人，跪在你祭台的长栏杆旁，
我为我爱人所编织的歌淹没了祷告，
死了的心头烟雾，在紫色空气中飘扬，
掩盖了从没药和乳香中升起的烟雾；
俯下身，为我编织在歌中的罪行祷告，
到最后，消逝了的灵魂的牧师甜蜜地
对我和我爱人喊，"再不要飞翔，
飞翔在徘徊、可怜、忏悔的人群上。"

他希愿他的爱人死了

假如你躺着，浑身冰冷，再无气息，

西边的天际上渐渐苍白的是星光，

你会来到这里，把你的头垂得低低，

而我，我会把我的头贴在你的胸上；

你会喃喃地、絮絮地说着亲切的话语，

原谅我，因为你已死了，再无气息；

你也不会站起身，匆匆离去

虽然你有着像野鸟一样的意志，

只知道你的秀发围着，绕着，

围绕着一颗颗星星、月亮和太阳：

呵，亲爱的，假如你真是躺下了，

躺在酸模树叶下，躺在土地上，

一颗接着一颗，渐渐苍白的是星光。

他希望得到天堂中的锦绣

倘若我能得到天堂中的锦绣，

织满了金色的和银色的光彩，

那蔚蓝、黯淡、漆黑的锦绣，

织上夜空、白昼、朦胧的光彩，

我愿把这块锦绣铺在你的脚下；

可是我穷，一无所有，只有梦，

我就把我的梦铺到了你的脚下；

轻轻地踩，因为你踩着我的梦。

唐尼的提琴手

我在唐尼演奏我的提琴，
乡亲们跳着舞，像一阵阵波浪；
我表弟是基尔瓦纳特的牧师，
我哥哥在莫克罗勃那地方。

我走过我的表弟和哥哥身旁：
他们读着他们的祷告书；
我读着我在斯莱果集市上
买下的那一本歌谱。

当我们走到时间的尽头，
走到端坐的彼特面前，
他会对这三个老精灵微笑，
但他叫我第一个走入门里。

因为好人总是欢乐的人，
除非因为运气特别不好，

欢乐的人就喜爱小提琴，
欢乐的人就喜爱跳舞蹈。

当那里的人们看见我，
他们都会走到我身旁，
"这就是在唐尼拉提琴的！"
跳起舞来，像一阵阵波浪。

走出后期浪漫主义阶段

在七树林中 *

我在七树林中听到鸽子声声

叫着，像轻雷，花园中的蜜蜂

围绕着柠檬树的花朵嗡嗡，

把那些掏空了你内心的

徒劳抗议与古老仇恨都抛开吧。

有一阵子我忘了，塔拉山岭

已被推翻，王座上新的平民

在街头叫喊，在灯柱间挂纸花，

因为在所有的幸福中，这是孤独的。

我满足了，我知道那些"安静的

漫游者"笑着吞噬她狂野的心，

在鸽子和蜜蜂中，而那"伟大的射手"

等着他射出的时刻，静静地

把云一般的箭筒悬在帕克纳里上。

---

* 本诗中的塔拉山岭是爱尔兰古老传说中国王居住的山岭，帕克纳里是七树林中一个树林的名字。

箭

我想着你的美——这一支箭，

狂野的思想的箭射入我骨头中。

没有人能这样仰视她，没有一个人；

当梢头初绽开，她刚长成一个女人，

修长雍容，还有胸脯与脸蛋，

肤色美艳，就像苹果花瓣。

这种美愈加亲切了，但因为

一个理由，我想哭那已过季的旧时美。

听人安慰的愚蠢

一个心地善良的人昨天说起：

"你那所爱的人头发中出现了银丝，

在她的眼角上，也爬上了小小的阴影，

时间只能使你自然而然地变聪明，

虽然现在显得还不可能，因此讲

你需要的只是耐心。"

心儿在嚷：

"不，我得不到一滴安慰，一点安慰，

时间只能重新浓妆艳抹她的美，

因为她的风姿非凡，华贵雍容，

炉火在她身旁跳动，她一转身，

炉火更为熊熊。她绝无这些姿势——

当狂野夏日的一切在她的眼里时。[①]"

噢心！噢心！只要她转过她的身，

你就会知道听人安慰有多蠢。

---

① 此处可能是指茅德·冈参加的狂热的政治活动。

古老的记忆

噢让思想飞向她，当西沉的夕阳
唤起了一个古老的记忆，对她讲：
"你的力量，如此高尚、强烈、亲切，
真能唤起一个新的世纪，在脑海里，
唤起那些想象中许久以前的女王，
她们也不能与你媲美。他在面团上
跪过了青春的漫长岁月，想不到这一切，
还有更多的，到头来却都是空虚，
而那些亲切的话语毫无意思？"但是唉，
什么时候我们能责备风，就能责备爱，
或，如果需要更多，就什么都不说，
对迷路的孩童来说，那可真是难过。

决不要献上整颗心

决不要，决不要献上整颗心，
因为在那些狂热的女人眼中，
如果爱情是想当然的事，就仿佛
想都不值一想，她们从未想过，
爱情会在一个到另一个的亲吻中消失，
因为每一件可爱的事都只是
短暂、梦幻、仁慈的欢欣。
决不要，决不要直接献上心，
因为那些女人，尽管巧嘴多伶俐，
掏出她们的心，只是为了游戏。
但是到底谁能玩得够精彩，
如果是因为爱情又哑又聋又瞎？
他曾这样做的，现在把代价认清，
因为他献出而又丧失了整颗心。

亚当的诅咒 *

我们端坐着，在炎夏的尽头，

那个美丽温柔的女人，你的好友，

你，还有我，一起谈论着诗，

我说："一行诗使我们花上几个小时，

可它要不是一刹那的思想，

我们的织，我们的拆，就是空忙一场，

真还不如跪下双膝，去

擦擦厨房地板，或敲敲石子，

就像一个老穷人，顾不上风吹雨淋，

因为要甜美地发出一句句心声，

就要比这一切干得更累，更忙，

可他还会被那帮喧闹的校长、

---

*《亚当的诅咒》是叶芝最早用戏剧性对话形式写成的诗之一。一开始三行就交代了时间、背景、主题和人物。"那个美丽温柔的女人"是茅德·冈的妹妹凯瑟琳，但在诗中是个象征性的人物。叶芝很快就探讨开了三种平行的劳动：诗人的、女人的、情人的劳动，诗人要努力使诗句显得天然浑成，女人要努力获得美，情人要努力使爱情成为一种艺术。不过，这些努力在现代世界（由银行家、校长等人组成）并不得到重视。叶芝从诗写到"任何优美的东西"，然而最后一段却又作惊人之笔：疲倦的、空乏的月亮升起了。这样就回到了叶芝诗中经常出现的一个主题：年华流逝，曾经努力获得的幸福黯然无光了。

银行家和牧师看成一个闲人——
烈士却把那帮人称作世界。"

　　　　　　　　　　于是
那个美丽温柔的女人，话声
又甜又低，许多人听到这嗓音
就感到心在疼，胸口在烧，
回答说："身为 个女人就要知道——
虽然他们在学校里不这样讲——
我们必须努力使自己变得漂亮。"

我说："自从亚当堕落以后，任何
优美的东西肯定都需要劳作，
曾经有些恋爱的人，以为爱情
应该由这样高度的殷勤组成：
他们频频叹息，摆出有学问的神气，
引用美丽、古老的书本中的先例，
但现在看来可是无聊的行为。"

我们坐着，因提到了爱情而安详，

我们看到白日燃完最后的余烬，
在苍穹颤悠的蓝绿色光彩中，
一轮明月，仿佛是一只小贝壳，
为时间的潮水冲得疲惫，潮水随着
星星升起落下，分成了日子和年份。

我有一个思想，可只能由你来听：
你曾经容颜夺目，我曾经努力
用古老的爱情方式来爱过你；
一切曾显得幸福，但我们都已变了——
变得像那轮空空的月亮一样疲倦。

老人们对水中的身影自赞

我听到年迈的老人说：

"什么东西都在变，

一个接着一个，我们消失。"

他们的手像爪子，他们的膝

扭得歪歪斜斜，像枯老的荆棘

在河水里。

我听到年迈的老人说：

"美好的一切都在消逝，

像河水。"

枝叶纷乱的树林

噢赶快吧，赶快去树荫浓郁的河旁，
步履轻盈的雄鹿与它的情侣叹息频频，
当它们只是看一看它们的形象时，
哦除了你和我之外，谁都没有经历过爱情。

或像你听到过天空中那位女王一样
脸色苍白而骄傲的女人，银鞋轻盈，
当太阳撩起她的金色头巾，向外张望，
哦除了你和我之外，谁都没有经历过爱情。

噢赶快去枝叶纷乱的树林，因为我要将
所有这些爱人从那里赶出，高喊声声，
哦我自己世界的一份，哦秀发金黄，
哦除了你我，谁都没有经历过爱情。

哦，不要爱得太长

亲爱的，不要爱得太长：
我曾爱过，爱得长久、久长，
于是我渐渐过了时，
像老掉牙的曲子一样。

在我们青春的全部岁月里，
我们两人都无法辨认自己的
思想怎样不同于对方，
我们是如此的浑为一体。

但哦，一分钟内她变了——
哦，不要爱得太长。
否则你会渐渐过了时，
像老掉牙的曲子一样。

幸福的乡镇

许多个，许多个强壮的农民，

要是能看到我们正骑马

飞速奔向的那个乡镇，

他们的心儿呵，一定要碎；

那里，一年四季，枝头茂密，

结满了累累的果实、花朵；

一条条河流，到处满溢

红色的啤酒和黄色的啤酒。

金灿灿、银亮亮的树林中，

一个老人吹着他的风笛，

女皇们，眸子蓝得像冰，

在一大群人中舞姿翩翩。

他对小狐狸嘟哝不停：

"噢，世界就有祸根又怎样？"

太阳笑得多么动人，

月亮拎动我的缰绳，
但红色的小狐狸嘀咕声声：
"哦不要拎动马的缰绳，
它正在驰向那个乡镇，
那可真是世界的祸根。"

当他们的情绪如此高涨，
他们就会动手打起架来，
他们从金灿灿、银亮亮的
树梢间拔下他们沉重的剑；
但所有那些死在战斗中的人，
又会重新恢复生命。
这样一个故事，人们
并不知道，也真算幸运；
因为那些强壮的农民
会把他们的铲子放下，
他们的内心会像一只空的、
让人喝干了的杯子。

他对小狐狸嘟哝不停：

"噢，世界就有祸根又怎样？"

太阳笑得多么动人，

月亮拎动我的缰绳，

但红色的小狐狸嘀咕声声：

"哦不要拎动马的缰绳，

它正在驰向那个乡镇，

那可真是世界的祸根。"

迈克尔[①]会从他头上的

树梢间取下他的号角，

当晚饭已经安排停当，

吹出一丁丁点儿声音。

加布里埃尔[②]会拎着一根

鱼尾巴从水中出来，谈着

当人们行走在潮湿的路上

所发生的种种奇迹，

还举起一只镶银的古老的

角杯，喝呵喝，直喝得

---

① 西方传说中的一个天使。
② 西方传说中的一个天使。

酩酊大醉，睡得东歪西倒，
在星光照耀的海岸上。

他对小狐狸嘟哝不停：
"噢，世界就有祸根又怎样？"
太阳笑得多么动人，
月亮拎动我的缰绳，
但红色的小狐狸嘀咕声声：
"哦不要拎动马的缰绳，
它正在驰向那个乡镇，
那可真是世界的祸根。"

他的梦

我在绚丽的船尾上
把一根船舵摇晃，
无论我能转向何方，
都看到海岸上的一群人。

虽然我愿这群人默不作声，
但其中每一个人都在嚷：
"那躺在绚丽的床上，
裹在尸衣中的是什么人？"

奔跑在河岸的边上，
对下面的事物大声叫嚷
——它肢体有这种庄严——
名字就叫甜蜜的死神。

虽然我把手指按在唇上，
可我只能把这歌一起唱响，

奔跑的人群和绚丽的船只，

整整一夜高声地唱个不停。

在闪闪发光的海洋中歌唱，

为海洋命名，呼吸欣喜若狂，

因为它有这样的庄严，

名字就叫甜蜜的死神。

一个女荷马的歌

当我年轻时，
如果任何人走近，
我想："他待她真亲。"
于是颤抖着，又是惊又是恨。
但噢！那是大错特错，
假如他真能走过她身旁，
带着无动于衷的目光。

于是我写作，我工作不停，
现在，鬓发里已银丝根根，
我梦想着，我已把我的思绪
串到这样的一个高峰，
将来的时间因而会说：
"他的影子在一面镜子里
映出什么是她的身体。"

当我年轻时，

因为她有热血的激情，

如此甜蜜的骄傲是脚步声，

就仿佛是踩在云中；

一位女荷马这样唱，

生活和文学都像

英雄的梦一场。

词 语

一段时间前，我曾这样想，

"我亲爱的人无法理解，

在这片盲目、痛苦的土地上

我所做的，或我将要做的一切。"

我对阳光渐渐变得厌倦，

最后，我的思路又清晰、生动，

回想起我做过最好的事，

是做了后，让这一切明白易懂。

每年我都会喊，"终于

都懂了，哦我亲爱的人，

因为我获得了力量，

让词语服从我的命令。"

如果她这样做了，谁能说

什么会从筛子中筛落?

我或会扔掉可怜的词语,

去心满意足地生活。

没有第二个特洛伊 *

为什么我要责备，说她使我的日子

充满了痛苦，或她最近

教会了无知者狂野的方式，

或把小街的种种污秽扔向伟人——

只要他们有实现欲望的胆量？

有一个因为高尚、单纯得像火焰一般的

头脑，还有一种像拉紧了的弓弦一样的

美，一种在这样的时代不再自然的

美，因为高昂、孤单、严峻，

那么，有什么能使她平静下来？

哦，她能做什么，因为像她那样的人，

还有没有第二个特洛伊要为她燃烧？

---

* 这又是围绕着茅德·冈的形象写的一首诗。茅德·冈在爱尔兰自治运动中鼓吹暴力，这是叶芝所不赞同的。叶芝把她与特洛伊战争中的海伦相提并论，海伦美艳无比，却是毁灭特洛伊的原因。这种既爱又恨的心情反映在叶芝许多首关于茅德·冈的诗中。

不值得的赞扬 *

心哦，请平静吧，因为无赖

和笨蛋都打不断那不是

为他们掌声上演的精彩，

这只是做一个女人的缘故。

够了，如果作品能显得这样，

她又重新激起你的力量，

一头狮子曾经梦过的梦，

到最后荒野也在高声回响，

这是你们俩的一个秘密，

在骄傲的人中间分享。

什么，你还要他们的赞扬！

但这是个更骄傲的文本，

她的白天时光，像迷宫一样，

如此奇特，她自己都感到迷惑；

她种种梦想所给予的，又是怎样

从那些同样的无赖和笨蛋那里

赢得了忘恩负义与诽谤；

是的，还有比这一切更糟的。

但是她，一路走来，尽情歌唱，

半是狮子，半是孩子，内心安详。

那是困难的事物的魅力 *

那是困难的事物的魅力，

已使我鲜血中的汁液干涸，

已使我的心失去了自发的欢乐、

自然的满足。我们的小驹患了什么病，

仿佛没有神圣的血液流遍周身，

也不在奥林匹斯山的云端中跳跳奔奔，

只能在鞭子下颤抖、挣扎、流汗、踢蹬，

像用力抱着铺路的碎石。我诅咒，

诅咒那些必须用五十种方式写出的剧本，

诅咒那与所有无赖和傻瓜的每一天战争，

剧院的事务，还有人们的种种安排，

我真发誓，在黎明重新来到之前，

我要找到马厩，一把拔出插销。

---

* 对叶芝来说，最困难的是围绕着库赫兰题材的剧本创作。"小驹"
象征着诗人的创作能力，"只能在鞭子下颤抖……"诗还写到了阿
贝剧院的种种事务的烦恼，这和"自发的欢乐"形成了对照。最后
两行是从"小驹"的意象引出的，有着双重的象征意义。

祝酒歌

美酒从嘴里进来，

爱情从眼里进来，

我们要认识的真理，全在。

在我们年老病死之前，

我举起我的酒杯满满，

我看着你哟，一声长叹。

和时间一起来的智慧

枝叶虽然繁多，根，只是一根，
在我的青春，所有那些忽悠的日子里，
阳光下，我曾把我的花叶抖动，
现在我也许能凋零了，归入真理。

致一位诗人，他要我赞扬模仿他和我的坏诗人

你说，就像我经常开口赞扬，
夸奖另一个所说的或所唱的：
"对这些人赞扬一番也是礼貌，
但有这样的狗吗——狗赞扬蚤？"

面 具

"脱下那个饰着翡翠眼睛的,
闪闪发亮的黄金面具。"
"噢不,我亲爱的,你胆子大得过分,
竟想发现心儿是否狂热、睿智,
而同时又不冷冰冰。"

"我只愿把那应该找到的东西找到,
爱情或是欺骗。"
"这是因为那面具占据了你的头脑,
使你的心跳得狂欢,
而不是面具后面的奥妙。"

"但恐怕你是我的敌人,
这点可不能搞错。"
"噢不,我亲爱的,别操那份心;
又怎样呢——就算只有火
在你、在我的身中?"

这些是云

这些是在夕阳周遭的云，

那陛下合起了他喷火的眼睛：

弱小者把手放在强壮者所做的一切上，

直到被抬得高高后又给翻了个身，

直到一统后来临的是混乱，

最后一切都处在一个共同的水准。

因此朋友呵，如果你伟大的赛程赢了，

所有这些事物来临，更因为这个缘故，

你使丰功伟绩成了自己的光荣，

虽然只是为了孩子们，你长长叹息：

这些是在夕阳周遭的云，

那陛下合起了他喷火的眼睛。

一位友人的疾病

疾病给我带来这样一个
思想，放在他的天平上：
为什么我要如此惊慌？
那火焰已燃遍了整个
世界，就像一块煤一样，
虽然我看到天平的
另一边是一个人的灵魂。

所有的事情都能引诱我

一切都能引诱我不再离开诗的技巧：

一度曾是一张女人的脸，抑或更糟——

我那让傻瓜们治理的祖国的看上去的需要；

现在只有这种已经习惯了的辛劳

娴熟地来到我的手上。当我年轻的时光，

我可从不为一支歌儿把便士赏；

诗人吟唱起来也不是那种模样——

人们竟会相信他有一把剑在楼上；

然而现在，就算我能如愿以偿，

只愿比一条鱼更冷、更聋，又目瞪口张。

棕色的便士

我低声絮语："我年龄够大了。"
然后又说："我太年轻。"
于是我扔出一枚便士，
看看我是否能找到爱情。
"去爱吧，去爱吧，年轻人，
如果那姑娘漂亮而年轻。"
呵便士，便士，棕色的便士，
我卷入了她一圈圈的鬈发中。

哦爱情是件摸不透的事，
没有一个人能足够聪明，
发现爱情中一切的一切，
因为他专心致志想个不停，
想着爱情，直到星星都已消失，
影子也把月亮吞食下去。
呵便士，便士，棕色的便士，
要开始爱情，一点也不会太早。

一九一三年九月*

既然你正明白过来，为什么

还在油腻的钱柜里乱摸一气，

在一个便士上再凑半个便士，

颤抖地祷告，祷告不已，

忙得筋疲力尽、骨髓枯干？

因为人生下来就是要祷告，积聚：

浪漫的爱尔兰死了，影讯杳然，

爱尔兰和奥利力①一起在坟墓里。

但他们是截然不同的一种人，

那些停止你们稚气游戏的名字——

他们奔跑在世界各地，像一阵风，

却几乎没时间去一声声祷告，

对他们呵，刽子手的绞索在旋转，

仁慈的主，他们又能积聚什么东西？

---

* 这首诗反映了叶芝早期对爱尔兰民族自治运动的幻灭心情，但后来事态的发展又使他改变了看法。

① 即约翰·奥利力，爱尔兰争取民族自治运动的代表人物，死于 1907 年。

浪漫的爱尔兰死了，影讯杳然，

爱尔兰和奥利力一起在坟墓里。

是不是因此野鸭在每一次

潮汐都展开灰色的翅膀，

洒下这许多鲜血淋漓，

因此爱德华·菲兹杰拉尔德死了，

还有罗伯特·爱密特和沃尔夫·唐，

勇敢的人们都这样兴奋谵妄不已。①

浪漫的爱尔兰死了，影讯杳然，

爱尔兰与奥利力一起在坟墓里。

如果我们能把年代倒转，

叫来这些流放者，他们

此刻充满了痛苦，形孤影单，

你会喊："一个女人的金发蓬松②，

使每一个母亲的儿子都疯疯癫癫。"

---

① 爱德华·菲兹杰拉尔德（1763—1798），罗伯特·爱密特（1778—
1803），沃尔夫·唐（1763—1798），都是在爱尔兰争取民族自治
运动中牺牲的著名人物。
② 此处可能影射茅德·冈。

他们把他们给予的一切都不放在眼里。

但随他们去吧，他们死了，影讯杳然，

他们与奥利力一起在坟墓里。

给空忙了一场的朋友

现在所有的真相都已出现，
就悄悄地接受挫败——
你败给了那无耻的声音，
只因为你一直在荣誉中生长，
而他，被人证明是在说谎时，
他自己心中也丝毫不感到羞愧，
压根儿都不在乎邻居的眼光。
如此截然不同的人，你们又怎么样
能彼此竞争？你成长起来，
要做的事比打胜仗更难，
转过身，像一根笑出声的
琴弦，让疯狂的手指胡乱
拨动着，在一片乱石丛中。
静静地，内心充满喜悦，
因为在所有的事情中，
要做到这一点最为困难。

帕 丁*

在他那家店里，老帕丁又糊涂，又烦人，
我于是怒气冲冲，跌跌撞撞地走了出去，
走在乱石与荆棘中，在早晨的阳光下，
最后一只麻鹬开始啼叫，在闪亮的风中，
另一只麻鹬做出回应，我突然想到，
在这一切都落入上帝眼中的孤独高地上，
我们声音的困惑已忘在脑后，不可能
会有一个灵魂没有甜蜜、清澄的喊声。

---

* 在诗中，帕丁是一个普通的爱尔兰人的名字。

致一个影子

淡淡的影子，如果你重访这座城镇，

或是去把你高耸的纪念碑凝视，

（修碑的人是否得到了报酬，我纳闷）

或当白日已经消逝，幸福地想着去

畅饮辽阔的海洋中带咸味的气息，

灰色的海鸥，而不是人群，在四周来回，

那些荒凉的房子也显出庄严的模样：

对这些感到满足吧，然后就速速回去，

因为他们还在玩老把戏。

                    一个有着与你

同样献身激情的人——他们不会知道，

他双手满满地带来的那一切

让他们孩子的孩子思想高尚，

感情甜美，在他们的血液中产生作用，

就像高贵的血液——可这个人遭到驱赶，

他的辛苦工作只换来污辱重重，

而他的慷慨，却给他带来羞愧难堪；

你的仇敌，那张肮脏的老嘴，放出狗

去咬他了。

　　　　走吧，不得安宁的流浪者，

用葛拉斯纳温的床单围住你的头，

最后让灰尘堵塞你的耳朵；

那让你去尝尝带海洋咸味的气息，

或在一个个角落倾听的时辰还没来临，

你去世前，已有了够多的伤心事，

去吧，去吧，你在坟墓里更太平。①

---

① 这首诗中，叶芝对爱尔兰争取民族自治运动的领导人帕内尔（1846—1891）的遭遇抒发了感慨。帕内尔一生功绩斐然，但在他去世前几年，一系列诬告和中伤使他名誉扫地、伤心而死。叶芝对帕内尔的敌人，"那张肮脏的老嘴"（可能是指墨菲办的一家报纸），做了抨击。诗中提到一个受到不公正待遇的人——"他"，是格雷戈里夫人的侄子兰恩。兰恩有一批可观的法国现代绘画，他愿意把它们捐献给都柏林的艺术博物馆，但这一慷慨的行为却招来人们的误解和诽谤。诗的最后几行又折回去写帕内尔，帕内尔埋于葛拉斯纳温公墓，"床单"即指尸布，结尾两行悲愤之情溢于言表。

海伦活着时

我们在绝望中呼喊，

因为一些微不足道的事，

或吵闹、粗鲁的体育活动，

人们居然会抛弃

在最艰难的时刻中

赢来的美人；

可我们，倘若我们能

在海伦与她的男友曾漫步过的

塔楼中——此刻再无尖顶的

塔楼中漫步，我们

或会像特洛伊其他的

男男女女一样，

说一句话，开一个玩笑。

那些痛恨《西方世界的花花公子》的人，1907[*]

曾经，当午夜拍击天空，

太监们急匆匆奔过地狱，

来到人头挤动的街头相逢，

瞪眼看那了不起的唐璜

骑马经过：像那些又骂又烦的

人一样，瞪眼看他结实的大腿。

---

*《西方世界的花花公子》是叶芝的友人、剧作家沁孤写的一部名剧。沁孤与叶芝都是阿贝剧院的创办人，他们当时创作、上演的一些戏往往在观众中引起很大的争议和反响。

乞丐对着乞丐喊

"是离开的时候了，去另外一个地方，
到海风中去重新找回我的健康，"
乞丐对着乞丐喊，因为发了疯，
"在我脑瓜全秃前，让我的灵魂发光。"

"去找到房子和妻子，舒适、甜美，
帮我摆脱掉我鞋子中的魔鬼，"
乞丐对着乞丐喊，因为发了疯，
"还有我大腿中那个更糟的魔鬼。"

"虽说我想娶一个漂亮的姑娘，
可讲得过去就行——也不必太漂亮，"
乞丐对着乞丐喊，因为发了疯，
"唉，镜子中有一个魔鬼的模样。"

"她也不要太阔，因为阔人为财产
所逼迫，就像乞丐们为痒痒所逼迫，"

乞丐对着乞丐喊，因为发了疯，

"她就不能有幽默、愉快的语言。"

"那里我自在地越来越受人尊敬，

在花园里，在每夜的宁静中倾听，"

乞丐对着乞丐喊，因为发了疯，

"风在恋栈的鹅群中吹起的喧腾。"

现实主义者

希望你能理解！

人们叙述恶龙守卫的

土地中的妻子的书籍，

描绘海豚拖着珠光宝气的

车辆中海仙女的绘画，到底

能做什么？除了激起，

一种去生活的希望，

但那样的生活

早已随着恶龙一起消失。

女 巫

苦苦劳动，于是发了财，

那又怎样？只是去躺在

一个邪恶的女巫身边。

全身都被榨干了，

然后就被带去，

带到那房间里，

久久地，一个人躺着

陷于绝望？

孔 雀

他，曾用眼中的骄傲

做出一只巨大的孔雀，

对他，财富又算得了什么？

经历了风吹雨打，灰暗而又

凄凉的三块岩石，

将会哺育他的奇想。

在潮湿的岩石和石南中，

无论他活还是死，

他的鬼魂都充满欢笑，

为他眼中的骄傲

增替一根根羽毛。

山中的坟墓

如果还有男子汉的骄傲，就泼酒、舞蹈，

如果玫瑰还在开放，就把玫瑰带来，

在山边，瀑布急流，仿佛烟雾围绕，

我们的罗西可罗斯神父躺在他坟墓中。

关下窗扉，带上竖笛和提琴，

这样房间里不会有悄悄的足音，

也没有不为亲吻或美酒所湿的嘴唇，

我们的罗西可罗斯神父躺在他坟墓中。

瀑布依然在徒劳地喧嚣阵阵，

永恒的尖顶照亮了那一片阴郁；

所有的智慧都汇入他玛瑙般的眼睛，

我们的罗西可罗斯神父躺在他坟墓中。

倒下的女皇

虽然她一露脸，人群就纷纷围拢过来，
老人们的目光模糊了，只有这只手，依旧像
吉卜赛人的营地中最后留下的那个侍臣，
记录着消失的一切，喃喃说着倒下的女皇。

轮廓，那笑声使其变得多甜蜜的心，
这些，这些依然，但我记录着消失的一切，
人群会聚拢，却不知道他们正走的街上，
曾走着像一朵燃烧的云似的奇迹。

"伶人女皇"中的一支歌

我的母亲逗弄着我唱：
"多么年轻，多么年轻！"
做了一只金色的摇篮，
在柳枝上晃个不停。

"他走了，"我的母亲唱，
"当我被人扶到了床上面。"
唱着，她的针一边运着
金色的线和银色的线。

她运着线，又咬断线，
缝起一件长外衣，金光闪闪，
哭了，因为她曾经梦到，
我生下来是要戴一顶皇冠。

"当她怀上时，"我母亲唱，
"我听到一只海鸥喧嚷，

看到一点黄色的泡沫
落到我的大腿上。"

她因此怎能不把金色
编进了我的发辫，
不梦想着我将攀登
爱情的金色峰巅。

给一个在风中舞蹈的孩子

一

那里，在海岸上舞蹈，

你有什么必要去忧虑

狂风或者海浪的呼啸？

把你那让星星点点水珠子

打湿了的长发散披在肩上。

你还年轻，不可能知道

那种傻瓜的胜利，也不会去想

爱情一赢来就会输掉，

更不会懂，那把稻束捆起的

最好的劳动者①已离开了人间。

你有什么必要去畏惧

怒吼的狂风倒海排山？

---

① "最好的劳动者"指的是沁孤。他在壮年死去，本来应该收获，"把稻束捆起"。

二　两年之后[1]

就没有人说过，这和蔼可亲的
眼睛应把更多的学识深藏？
或曾告诫你那些自焚的
飞蛾多么令人感到绝望？
我本可告诫你，但你还年轻，
于是我们说着不同的语言。

哦，你会接受献上的一切。
梦想着整个世界是你的朋友，
经历和你母亲一样坎坷的遭遇，
到了最后，一切无可挽救。
但我年老，你年轻，
于是我说着一种野蛮的语言。

---

[1] 这两首诗都是写给茅德·冈的女儿的。"野蛮的语言"有几层意思：叶芝讲的是英语，女孩子讲的是法语；叶芝讲的是老人的语言，充满了对年华虚度的感慨。

青春的记忆

那些时刻就仿佛在戏中一样消逝了；

我曾有过爱情带来的睿智，

我曾有过那一份天生的聪明，

可是，尽管我所说的一切，

（我对她只能是满口赞扬，）

从阴郁的北方飘来的一片云朵，

突然掩没了爱情的月亮。

我真挚地说着每一句话，

我赞美她的身体和精神，

于是，骄傲在她的眸子中熠熠闪亮，

欢乐为她的双颊抹上红晕，

虚荣更使她的脚步飘飘欲仙；

可我们，尽管那一切赞美，

只能在前面找到黑暗。

我们静静地坐着，宛如一块石头，

虽然她没吐露一句话，我们知道，

最完美的爱情也会消失，

要不是一只可笑的小鸟，

从云影中攫下神奇的

月亮时的叫声让爱情听到，

爱情早就遭到了残忍的蹂躏。

冰冷的天堂 *

我骤然看到那冰冷的、白嘴鸦欢欣的天堂，

那里仿佛冰在燃烧，而冰又不仅仅是冰，

于是幻想和情感，都给驱赶得发了狂，

这一个或那一个随心想到的念头，

都已消逝，余下的唯有那随着青春热血

过了季节的记忆，回想早消亡了的爱情；

我在所有的感觉和理性中摒弃责备，

最后我大喊着，颤抖着，不停地晃动，

全身被光穿透！哦，当鬼魂开始加快步伐，

临终的麻木的混乱告终，这是不是

被赤身裸体地送上了大路，作为惩罚——

像书本所说的，为天空中的不正义所击？

---

* 叶芝回答茅德·冈说，这首诗"是一种尝试，去描绘寒冷而有超然之美的冬日天空在他身上激起的感情，他感到孤零零而又负有责任，因为那过去的种种错误折磨着他心灵的平静，使他孤独不堪。这是梦幻一般的感受，周围物体依然清晰地固定在脑海里，又在那片刻而永恒悬置的回顾里，加进了这许多年的思想和现实"。

这样，夜晚就能来临 *

她生活在风暴与斗争里，

灵魂这样激情地向往着

骄傲的死神会带来的一切，

因此，再也忍受不住

生活中普普通通的好处，

而是活着，仿佛一个皇帝——

让他结婚的那一天

布满旗帜和小三角旗，

充满定音鼓和号角声，

还有惊天动地的大炮，

就为了把时间打发掉，

这样，夜晚就能来临。

* 这首诗写的是茅德·冈。

一种任命

因为对政府再也没有那一片心，

我拔起一根树根猛扔，扔向

一只骄傲、任性的松鼠奔去的地方，

真高兴，松鼠能尽情跳跳蹦蹦；

还带着一种低低的嘶嘶声，

恰像一种笑声，重又跳下跃起，

这样，一下子就蹦到了另一棵树。

不是顺从的意志，不是胆怯的头脑，

不是眉毛如此沉重地皱，皱得紧紧，

哺育了尖利的牙齿、干净的肢体，

让松鼠高高跳起，在树梢上大笑不已；

没有一个政府会委派任何任命。

三博士 *

就像现在所有的时间，我头脑里都能看到
那些苍白、不满足的人，身穿绘了画、僵硬的
衣服，在天空的蔚蓝色深处出现，接着消失，
古老的脸庞就像饱经风吹雨打的石头，
他们所有的银舵都排列成一行，盘旋转动，
他们眼睛全都盯着——耶稣受难地的
动荡而难以满足，只希望能在充满兽性的
地板上，再一次找到那控制不了的神秘。

---

* 诗中的典故源自《圣经》中为耶稣的诞生报喜的三博士。耶稣在
马棚中诞生，诗的结尾处所写"兽性的地板"，即指此。但这一切
又是从诗人的现代视角去看的，因此反复说"不满足"。

玩　偶

在玩偶匠家里，一个玩偶，
看着摇篮，开始高声大叫：
"这是对我们的一大侮辱。"
玩偶中那个最年老的，
因为摆过橱窗，见识过
好几代和他同类的玩偶，
比其他的叫得更响："虽说
无人能详细地说个够，
这地方的邪恶，种种邪恶，
这男人和女人给这里带来的
吵吵闹闹、肮脏的东西，
真使我们的脸上大失光彩。"
听到他这一番夸张和呻吟，
玩偶匠的妻子心里明白，
她丈夫准听到了那个可怜的话音，
于是她在他椅子的扶手边蹲下，
悄悄地在他耳边讲，

把她的头倚在前倾的肩上：

"我亲爱的，我亲爱的，噢我的爱，

那完全是件意外。"

一件外衣

我把我的歌做成一件外衣，

从头到脚遍体绣满了

从古老的神话里

取来的种种锦绣图案；

但傻瓜们取到这件外衣，

在世人的眼前穿起，

仿佛是这些眼光制成了外衣。

歌呵，就让他们拿去吧，

因为在赤身裸体行走时，

有更多雄心勃勃的事业。

柯尔庄园的野天鹅

树木披上了美丽的秋装，

林中的小径一片干燥，

在十月的暮色中，流水

把静谧的天空映照，

　一块块石头中漾着水波，

游着五十九只天鹅。

自从我第一次数了它们，

十九度秋天已经消逝，

我还来不及细数一遍，就看到

它们一下子全部飞起，

大声拍打着它们的翅膀，

形成大而破碎的圆圈翱翔。

我凝视这些光彩夺目的天鹅，

此刻心中涌起一阵悲痛。

一切都变了，自从第一次在河边，

也正是暮色朦胧，

我听到天鹅在我头上鼓翼，

于是脚步就更为轻捷。

还没有疲倦，一对对情侣，

在冷冷的友好的河水中

前行或展翅飞入半空，

它们的心依然年轻，

不管它们上哪儿漂泊，它们

总是有着激情，还要赢得爱情。

现在它们在静谧的水面上浮游，

神秘莫测，美丽动人，

可有一天我醒来，它们已飞去。

哦它们会筑居于哪片芦苇丛、

哪一个池边、哪一块湖滨，

使人们悦目赏心？①

---

① 年老的叶芝凝视着那五十九只天鹅，不禁思绪万千：十九年来它们仿佛神奇地向时间做着挑战——"还没有疲倦"，"它们的心依然年轻"。虽然它们可能和叶芝一样年老了，却给人一种永恒的生命的幻象。"静谧的天空"和"静谧的水面"仿佛象征着它们的双重性：一方面，它们和人一样，是"一对对情侣"；另一方面，它们又是不朽的，永远不会有"疲倦"。然而，这种"神秘"的永恒性会不会"飞去"呢？

一个爱尔兰飞机师预见他的死亡

我知道，在高高的一片

云端，我将结束我的一生；

那些我保卫的人，我不爱，

那些我抗争的人，我不恨，

我的祖国是盖尔特的十字架，

我的同胞是盖尔特的穷人，

无论结局怎样，都不会让他们过得更坏，

或让他们比先前多一些欢欣。

没有法律或责任吩咐我去战斗，

没有名人，也没有欢呼的群众，

只是一种孤独的狂欢冲动，

驱使人在云端混乱抗争；

我平衡了一切，什么都想了想，

那未来的岁月仿佛只是浪费一场，

我留在身后的岁月也是浪费一场，

与这种生活平行的，是这种死亡。

人们随着岁月长进

梦呵，我已厌倦不堪，
小溪中，一尊风吹雨打的
大理石的半人半鱼女神。
成天，我凝视着，又凝视着
这一个女人的风采，
仿佛我是在一本书中，
找见了一张美人插图，
因为满足了眼睛或敏锐的
耳朵，心中欢欣万分，
只要变得聪明，就感到高兴。
毕竟，人们随着岁月长进。
然而，然而，
这是我的梦境还是真实？
但愿我还有着燃烧的青春时
我们两人相遇在一起，
但在纷繁的梦中，我老了，
小溪中，一尊风吹雨打的
大理石的半人半鱼女神。

一块野兔锁骨

多希望我能在水面上起帆，
那里，一个个皇帝都去了，
还有一个个皇帝的女儿，
在可爱的草地和树木旁上岸，
尽情吹着风笛，舞蹈跳个不停，
更学到：最好的事就是
在舞蹈中把我的爱换一次，
只是用一个吻来偿还一个吻。

我愿在那一条河边
把一块野兔的锁骨找到，
水在不断冲蚀，锁骨已薄，
用一把手钻钻个洞，瞪着——
从野兔一块又白又细的骨头中
看着这古老又苦难的世界中，
人们在教堂里成婚，
在不受纷扰的河水上面
笑着所有在教堂里结婚的人。

所罗门致示巴女王 *

所罗门对着示巴女王歌唱，

一边亲吻她风尘仆仆的脸：

"从晌午开始，整整一天

我们在这个地方谈呵谈；

从没有阴影的中午开始，

我们绕了一圈又一圈，

绕回到爱情这狭窄的题目，

像池塘里的一匹老马留恋。"

对着所罗门，示巴女王歌唱，

一边紧紧依偎在他的膝上：

"如果你开始讲一件事

使有学问的人心胸欢畅，

那么，太阳还未把我们的影子

投在地上之前，你已将

---

* 所罗门（前986—前930），希伯来人的国王，以智慧和财富闻名。关于他留下了许多传说，其中之一就是他和示巴女王的爱情。

我的思想发现——那不是，

只是一片狭小的池塘。"

对着示巴女王，所罗门歌唱，

一边亲吻着她的阿拉伯眼睛：

"普天之下绝不会有人，

任何一个男人或者女人，

敢在学问上与我俩铰量，

整整一天，我们发现，爱情，

只有爱情能使这个世界

变成一片池塘，狭得可怜。"

活生生的美 *

因为灯芯和灯油都已燃尽，

血液的通道也冻结了，我吩咐

我那不满足的心：借着黄铜的模子里

铸出的美，或耀眼的大理石中

出现的美，去获得满足；

出现了，但我们消失时又一次消失，

对我们的孤独，就像对幽灵

一般无动于衷。哦心，我们老了，

活生生的美是给年轻人的，

我们无法为其奉献狂野的泪水。

---

* 这首诗据说是受冈的女儿伊莎尔特的灵感激发而写成的。伊莎尔特要比诗人小上三十岁，叶芝向她求婚，同样遭到拒绝。

活生生的美 *

我说着，也许梦着我们心满意足——
看到时间在血液上已经冻结，
青春的灯芯和灯油都烧尽了——
为了那从黄铜的模子里铸出的，
或从耀眼的大理石中雕出的美。

出现了，但我们消失时又一次消失，
对我们的孤独，就像对幽灵
一般无动于衷。哦心，我们老了，
活生生的美是给年轻人的，
我们无法为其奉献狂野的泪水。

---

* 叶芝常常修改他已发表了的诗，同一标题的诗会在不同的时期有
很大的不同。这是《活生生的美》一诗的又一版本。

一支歌

我曾经那样认为，
假如要延长青春，
只需要举哑铃与击剑
来保持身体轻盈，
呵，谁又能料到
心儿在渐渐衰老？

虽然我能说会道，
哪个女人因此意足心满，
仅仅因为是在她身边
我再也不觉得发晕？
呵，谁又能料到
心儿在渐渐衰老？

我没有丧失欲望，
却丧失了那曾有过的心，
我曾以为在死亡的床上

还会使我身体燃烧的心。

呵，谁又能料到

心儿已经衰老？

给一个年轻的姑娘 *

我亲爱的，我亲爱的，我知道，

比任何人都更清楚地知道，

什么原因使你的心儿这样跳；

甚至你自己的母亲，

也不能像我那样清楚地知道，

谁使你的内心受尽煎熬；

这个疯狂的念头，

她现在可拒不承认，

而且也早已忘掉，

那时曾使她全身热血沸腾，

更使她眼睛中光芒闪耀。

---

* 这首诗是写给茅德·冈的女儿的。

学 者

那忘却了自己罪愆的秃脑瓜们，
衰老、有学问、受人尊敬的秃脑瓜们，
孜孜的编纂者，苦苦注释着一行行诗行，
但那些年轻人，在床上来回折腾，
在爱情的绝望中呻吟山的韵，
只为了讨美人笨耳朵的欢心。

秃脑瓜们拖着脚走，在墨水瓶中咳嗽声声，
秃脑瓜们的鞋都快擦破了地毯，
秃脑瓜们尽想着其他人的种种事情，
秃脑瓜们认识他们邻居认识的那个人。
主呵，他们到底又能说些什么？
他们的凯特勒斯①可曾那样行吟？

---

① 凯特勒斯（前87—54），罗马抒情诗人。

牧羊人和牧山羊人

牧　羊　人：那一声叫唤来自今年的第一只布谷，

　　　　　　布谷的叫声未停，我就开始希望。

牧山羊人：　　　　没有鸟兽

　　　　　　今天能使我希望获得任何东西，

　　　　　　因为老了，老了就会死，

　　　　　　再要想什么就违反了天意。

　　　　　　让年轻人希望吧。你又为何来这里？

　　　　　　我们以前从未见过面，

　　　　　　这里，我的山羊啃着稀少的草皮

　　　　　　或从一块石头跳到另一块上。

牧　羊　人：　　　　我在找走失的羊；

　　　　　　我遭到一件麻烦事，在烦乱中

　　　　　　我遗失了羊，当时我只想着音韵，

　　　　　　因为音韵能从烦乱中得出节奏，

　　　　　　这样，太阳光将又一次甜蜜，但是

　　　　　　我把一个个音韵都安排停当时

　　　　　　羊已离开了它们该待的地方。

牧山羊人：　　　　　我知道得很清楚，

　　　　　　什么使这样好的牧羊人松懈了职责。

牧 羊 人：他曾在每一种乡间游戏、乡间手艺中

　　　　　　都是拔尖的人，在我们所有人中间，

　　　　　　对慢腾腾的老年和急性子的青年最有

　　　　　　礼的人，

　　　　　　可他死了。

牧山羊人：那个给我带烙饼来的孩子，

　　　　　　带来这毫不掩饰的消息。

牧 羊 人：　　　　　他扔掉了他的弯柄钩，

　　　　　　在海洋那边的大战中把命送掉。

牧山羊人：他经常在我的山岭中吹他的风笛，

　　　　　　在他吹奏时，那是山岭中乱石的

　　　　　　孤独和狂喜，从他的手指间

　　　　　　呜呜吹出。

牧 羊 人：　　　　　我从他母亲那里得知这一消息，

　　　　　　他自己的羊群当时放牧在他的门口。

牧山羊人：她怎样忍受悲伤？没有一个牧羊人

　　　　　　说到她的名字时，语调不是更温柔，

　　　　　　想起她做的好事，我又怎能——

当我既无山羊又无牧草时，我在

她炉火旁找到新鲜的欢迎和年老的智慧，

于是朔风不再呼啸，我又怎能

在他的妻儿前说到她时？

牧 羊 人：她在她房间中蹀躞，挺直而冷静，

在配膳室和亚麻布箱子中间，

或是看着草坪或是看着羊群，

看着她劳工，仿佛她的亲人还活着，

只是现在是她的孙子了，没有什么变化——

只有在秋收季节，牧羊人的运动会上

她儿子的一局结束时，她脸上出现的

那种变化。

牧山羊人：　　　唱你的歌吧，

我也为我的遐想押韵，但青春

急于要显示它所找到的一切，

否则就不能工作也不能等待。

牧山羊老人和老山羊，至少

在等待上更有学问，即使青春

在其他的成就上都超过了他们。

牧 羊 人：　　　你不能不看到

只是他一个人没有收拢衣服，

没有让木匠在宽桌上工作，

或在长凳、高高的奶牛栅上忙，

像其他人刚刚继承产业时那样，

而是让房子保留他父亲在世时的模样，

仿佛他知道自己像是一只布谷，

而不是定下来安居的人。现在他走了，

身后一无所剩，只有十来支

悲哀、凝重、甜蜜、高尚的风笛曲子。

牧山羊人：　　　　　你把思想押上了韵。

牧　羊　人：　　　　　　　　　我成天工作，

做了那一切，只做了那小小的一切，

用普普通通的散文说一声"我抱歉"，

或许对你山似的幻想听来更好一些。

　　　　　　　　　　　　（他歌唱）

就像一只羽毛有斑点的鸟，

越过几千里浩瀚的海洋，

用它的黄腿半跳、

半飞地越过我们的草地，

他停留了一会，我们

刚让我们的耳朵

适应了他在破晓时的语言，

刚使我们的眼睛

适应了他在暮色中

清澈的水池上的身形，

他就从我们耳朵和眼睛中消失了。

我本可以在他来的那一天

抱有希望，但人是傻瓜。

牧山羊人：你像往常一样歌唱自然生活，

　　　　　我在青年时代作过同样的曲子，

　　　　　现在听到了，又为那个年轻人

　　　　　和我自己失去的一些伙伴叹息。

牧　羊　人：他们说在你光秃秃的山岭上，

　　　　　你测出了在离开我们自然的

　　　　　眼睛时，灵魂所要走的那条路；

　　　　　说你经常与幽灵们交谈。

牧山羊人：　　　　是呵，

　　　　　自从青春的第一阵恍惚后，我日常的思想

　　　　　就找到了我的山羊所不能找到的路径。

牧　羊　人：唱吧，也许你的思想能够拔出

　　　　　　　　一些草药，使我们的悲伤

　　　　　　　　再不是那样苦涩。

牧山羊人：他们从那条山岭上为我采来

　　　　　　　　一些不全是野罂粟的荚和花。

　　　　　　　　　　　　　　（唱）

　　　　　　　　他每一分钟都变得更年轻，

　　　　　　　　要把他所有的生日算起来，

　　　　　　　　那可实在显得太严肃，

　　　　　　　　因为他梦想过的一切，

　　　　　　　　或他为之奋斗过的野心，

　　　　　　　　实在太严肃，太含蓄。

　　　　　　　　游览，旅行，

　　　　　　　　走向他自己的黎明，

　　　　　　　　他打开那装满的打字带，

　　　　　　　　那里是他要学的痛苦和欢乐，

　　　　　　　　那里是他所做的一切。

　　　　　　　　残忍的战争将会消失

　　　　　　　　在某条古老、弯曲的山桦根上，

　　　　　　　　他将练着吹牧羊人的风笛，

　　　　　　　　或在那修剪短了的草地上，

苦苦追求他的牧羊姑娘，

或把他的心放进某个游戏里，

白昼的、玩耍的时间，像成了一样；

他将从头脑的一次次

胜利中，解开一层层知识，

最后，他趴在摇篮旁边，

梦见他自己是母亲的骄傲，

在甜蜜的天真的

恍惚中消失了一切知识。

牧 羊 人：当我把这些小羊和这头老羊

关进羊栏，我们就去树林，那里

把我们的诗韵刻在新剥下的树皮上，

但别留名字，把它们留在她的门口，

知道山麓和峡谷曾经也悲伤过，

对妻子和母亲，还有长到齐肩高的

孩子们，这也许是种安静的思想。

沮丧时写下的诗行

什么时候我最后一次看到
月亮上那些长着绿莹莹的圆眼睛、
身躯修长、摇摇晃晃的黑豹？
所有的野巫婆，那些最高贵的妇人，
虽然她们有她们的扫帚和眼泪，
都无影无踪了，她们愤怒的泪光。
消失了，山岭上神圣的半人半马，
我一无所有，只剩下苦涩的太阳；
遭到放逐的英勇月亮母亲，消逝了；
现在我已活到了五十岁，
我必须忍受这胆怯的太阳。

黎 明

哦黎明，我愿和你一样无知，

你向下轻蔑地俯视着

那位用一枚胸针衡量

一个城市的老耄女皇，

或俯视着从学究的巴比伦塔中

望着漫不经心的行星的老人，

月亮出来时，星星渐渐消失，

取下他们的拍纸簿，做一道道算术。

哦黎明，我愿和你一样无知，

伫立着，把鬃毛茂密的马背前的

闪闪发光的马车轻轻催赶①，

我愿意——因为知识不值分文——

无知，无耻，就像那黎明。

---

① 神话传说中，日神每天清晨驾马车出巡。

女 人

愿荣耀归于上帝，
女人放弃了她的思想，
男人在男人的身上
可找不到她那种友谊，
仿佛是用她的骨和肉
遮盖了他带来的一切，
别和一个思想吵闹争殴，
因为那不是她自己的。

虽然饱学之士不承认，
但显然那是《圣经》的意思，
所罗门与他的妃子们
谈话时，就渐渐变得睿智，
虽然人们说，他曾数过青草，
他却数不出他应作的赞扬——
当示巴成了他的情人时，
当她巧妙地制作铁器，

当从铁匠的熊熊炉火中

火红的铁来到了水中抖颤：

他们欲望的强烈、坚硬

使得他们伸懒腰、打呵欠，

那种随睡眠而来的欢乐

抖颤，使他们成为一体。

上帝赏赐我的，他还给予

或保持什么——不，不在这里，

因为我还不是这样大胆，

希望能得到如此贵重的东西，

现在我正渐渐变得老迈，

但什么时候，如果那故事是真的，

月亮那根巨大的杵

把一切重新碾成齑粉，

使我再一次出生——

找到我一度曾有过的东西，

知道我一度曾知道的事物，

直到最后，我疯得不知所以，

床上的睡眠也被剥夺，

因为动人的关怀、情意、

怜悯、一个痛得不堪的头，
绝望，还有咬紧的牙齿，
全部因为某一个
机遇的反常造物，
于是活着，就像示巴带着
跳舞的所罗门王一样跳舞。

渔 夫

虽然我依旧能看见他，

那身穿灰色考纳未拉衣服，

脸上长有雀斑的人，在黎明时分，

去山岭上一处灰色的地方，

去一把把抛出他的鱼虫。

自从我把这个聪明、朴实的

形象在眼前重新唤起，

许多时光已过去了，

成天，我在那张脸中，

寻找着我希望

能为我自己的民族

和现实所写下的东西；

那些我痛恨的活着的人，

那些我热爱的死去的人，

那些坐在位置中怯懦的人，

那些从未受到谴责的傲慢的人，

没有一个赢得醉醺醺

喝彩的无赖能被写上书本——

写上这个机灵的人和他的玩笑，

讲给最普普通通的耳朵听；

这个聪明的人喊着

小丑的吸引人的喊声——

睿智的一次次捶打呵

伟大的艺术捶成了型。

也许已有十二个月了，

自从我突然开始

对观众怀抱一种蔑视的心情，

想象着一个阳光晒出了雀斑的人，

穿着灰色的考纳末拉衣服，

独自爬上一片山岭，

那里，泡沫下的石头暗黑，

他的手腕往下弯伸，

鱼虫一只只飘落在溪流中，

一个并不存在的人，

一个只是一场梦的人，

高声喊着："在我年老之前，

我将会为他写一首诗，

一首也许就像黎明一样

冰冷而又充满激情的诗。"

鹰

"把那头鹰从空中唤下，
把它装进笼子或戴上头罩，
最后它黄色的眼睛变得温顺，
因为不够了，猪油和烤肉叉，
老厨子暴跳如雷、如雷暴跳，
厨房帮手呵，简直是发了疯。"

"我可不想让人套上头罩，
装进笼子，或停在他手腕上；
在渐渐散去的薄雾中，
在翻滚、起伏的云霄，
在林子上翱翔呵，翱翔，
我已懂了，怎样保持自尊。"

"昨夜，你又劈开了何处
翻滚的云霄，头脑中的鹰、
黄眼睛的鹰？对一个流氓

我曾是惊惶失色、失色惊惶，

我又怎样能对我们的友人

装出一副聪明的模样？"

记 忆

一个有可爱的面容，
另外两三个有动人的魅力，
但魅力和美貌却成了空，
因为山坡上芳草萋萋，
只能保持着野兔
曾躺卧过的形状。

她的赞美

她是我最愿听到人们赞美的人，

我在这房子周围走着，来回走个不停，

就像一个刚出版了新书的人那样，

或一个穿上了新裙子的年轻姑娘。

尽管我想尽了种种办法，让人们谈论，

把对她的赞美变成至高的题目；

一个女人却在讲她读过的新故事，

一个男人莫名其妙地瞌睡不已，

仿佛另一个的名字在他头脑中狂奔。

她是我最愿听到人们赞美的人，

我将再也不谈书本或漫长的战斗，

只是漫步在干燥的荆棘旁，最后

我找到一个避风的乞丐，想方

设法，使她的名字出现在谈话中。

只要破布够多，他就愿意知道她的名字，

还会高兴地记下，因为在过去的日子里，

虽然她有年轻人的赞美，老年人的责备，

可在穷人中，年老年轻的都给她赞美。

人 民 *

"尽管这一切工作我又得到了什么？"我问，

"尽管我付出自己的代价，做了这一切？

这粗野无礼的城市中天天有如此的恶意，

这里，谁为人效力最多，就被损得最深；

在一个夜晚和早晨中间，那个人①一生的

声名尽付东流。那里，我本来也会生活着——

你也清楚地知道，我的渴望有多强烈，

那里，我每天的脚步都可以从

弗拉勒②围墙的绿荫中缓缓走下，

或在那些过去的意象中向上攀登，

那些无人扰乱、雍容大度的意象——

---

* 这首诗也是围绕着茅德·冈的形象写成的。叶芝虽然爱她，但他们的观点有着很大的不同，叶芝身上充满了贵族式的气质，而茅德·冈洋溢着激进的民主感情。在诗里，叶芝想象自己在一个远离都柏林烦恼的贵族社会，可茅德·冈——他的"凤凰"虽然遭受种种挫折，如与丈夫的离异，在人们中的失意，在阿贝戏台上受到人们起哄，但她依然责备叶芝对人民的批评。叶芝为自己辩护说："我的优点只是有分析的思想，下种种定义。"可在他内心深处，还是万分惭愧的。
① 此处指的可能是帕内尔。
② 意大利地名，文艺复兴时曾建有许多著名的建筑。

黄昏和清晨，乌比诺①的陡峭的街衢，

我来到公爵夫人和她客人谈话之处，

度过庄严的子夜，最后伫立在

那大窗子旁，望着曙色渐渐东升。

我本来会有的朋友们，都能

把殷勤和激情浑为一体，就像

那些凝视着灯芯在黎明中渐渐变黄的人；

我本来可以运用我的行业所允许的

一种实在的力量：选择我的伙伴，

选择我最为倾心的那一幕风景。"

于是我的凤凰带着责备回答说：

"醉醺醺的酒鬼，贪污公款的人，

我赶走的那一帮不诚实的家伙，

当我运气转了，就都敢直瞪我的脸，

这些人我服务过，一部分我还喂养过，

从阴暗的角落里爬出，向我猛扑，

但我从来不会，现在和将来都不会

埋怨人民。"

　　　　我所能做的回答只是：

----

① 意大利地名，文艺复兴时曾建过著名的教堂。

"你，不在思想中而在行动中生活的人，

能够有着一种自然力量的纯洁，

可我，我的优点只是有分析的思想，

下种种定义，既不能合上想象的眼睛，

也无法管住我的舌头默不作声。"

然而，我的心听到她的话而跳动，

感到惭愧万分，现在已过了九年光阴，

这些话浮上脑海，我又羞愧地把头低沉。

得自普洛泼歇斯①的一个思想

如此雍容华贵的头部

模样无比动人的膝盖，

纤长、流水似的线条，

她本可以缓步登上祭坛，

经过那些神圣的形象，

在巴勒斯·雅典娜一旁

或成为那让不掺水的酒醉倒的

半人半马怪物的抢劫对象。

① 赛克脱斯·普洛泼歇斯（前47—15），罗马抒情诗人。

破碎的梦

你的秀发中已见银丝点点，

款步走过青年人的身边时，

他们再不会猛然把呼吸屏住；

某个老家伙也许还会喃喃祝福，

那只因为你的祷告声声

使他在病床上获得了新生。

为你一个人缘故——认识了心的所有苦痛，

也把心的所有痛苦给了他人，

从简朴的姑娘时代起就担负着

难以负担的美——为你一个人缘故

天国也放弃了她末日的打击，

在你的安宁中她占这样大的一份，

你只是漫步在房间中。

你的美只能在我们中间

留下模糊的记忆，也仅仅是记忆。

当老人们讲完了话，一个青年

会对老人讲："告诉我，诗人不倦地、
不懈地对我们吟唱的女人，
年龄本来会使他的血液变冷。"

模糊的记忆，也仅仅只是记忆，
但一切都会重新诞生，在坟墓里，
我将肯定会用年轻的眼睛中的
激情，看到这个女人，
当女性的豆蔻年华初绽，
倚着，站着，或款步缓缓，
我将肯定——那样一种肯定性
使我像傻瓜一样喃喃不停。

你比任何人都更为美艳，
但你的玉体有一个小瑕点，
你的纤手不是那么秀气，
我真担心你会急匆匆奔去
划桨，袖子挽到手腕上。
在那神秘的、永远满盈的湖上划桨，
湖里，那些遵守神圣的法律的人，

划桨而又完美，别让我曾经吻过的
那双手改变模样——
看在过去的缘分上。

午夜的最后一下钟声远了，
在一张椅子里，整整一天，
从梦到梦，从韵到韵，我徘徊着，
与空中的一个形象乱扯一气，
模糊的回忆，也仅仅只是回忆。

一个深深的誓言

因为你不能信守那个深深的

誓言，其他的人成了我朋友；

然而每当我面对死神，

每当我攀登睡眠的高峰，

或每当我喝得醉醺醺，

我就会突然见到你的脸容。

头脑这只气球

手呵，按吩咐去做，
把思想这只气球——
这只在风中鼓起、缓行的气球——
带进它狭小的棚子里。

种种存在

这个夜晚如此奇特，仿佛
我毛发都一根根直竖。
从太阳落山时起，我就梦见
女人们在笑，胆怯或是粗鲁，
花边或是绸缎的一阵簌簌响，
登上我吱嘎作响的楼梯。她们
读了我所写的那可怕的事
回来了，但并未回报爱情。
她们站在门口，在我的
大木讲台和炉火中间伫立，
于是我能听到她们的怦怦心跳；
一个是娼妓，另一个是看男人时
从未带有欲望的孩子，
还有一个，也许，是女王。

给一只吉利那那的松鼠

来吧，来和我玩吧，

为什么你要奔跳，

跳过抖动的树梢，

仿佛我有一支枪，

真会把你一枪击毙？

而我想做的，只是

搔一搔你的头，

然后就让你走掉。

当被人要求写一首战争诗时

在像我们这样的年代里，我想，
一个诗人最好是缄口不言，
既然我们无法使政治家改邪归正；
他已有够多的事操心——要是他能
取悦一位年轻、懒洋洋的姑娘，
或冬夜里的一个老人。

傻瓜的两支歌

一

一只花斑猫和一只驯服的野兔，

在我的火炉边吃东西，

还呼呼地睡在那里；

俩小家伙都只尊重一个人

尊重我的学问、我的照顾，

恰如我尊重天意。

我从梦中醒来，想到

某一天我也许会忘了

他们的食物和饮料，

或者，房门没有关好，

野兔一路奔出去，于是听到

猎手号角，尝到猎犬牙齿。

我有着这样一个责任，

循规蹈矩的都很难承担，

但我能怎样呢？

我只是个胡思乱想的傻瓜，

只能向上帝祷告，求他放松

我如此巨大的责任。

二

我睡在火炉边一只三条腿的凳上，

那花斑猫睡在我的膝上：

我们从来顾不上看一看，

那只棕色的野兔正在何方，

那扇门是否已经关紧。

谁知道野兔怎样饮着风，

在垫席上把两条腿伸展，

然后才打定它的主意，

用蹄子敲着鼓点，猛地跃开？

我刚从梦中一觉醒来，

叫着它的名字，说不准，

它听到了，但它可没动身，

也许已听到猎人的号角，

已尝到了猎犬的牙齿。

傻瓜的又一支歌

这只硕大的紫色蝴蝶，
在我手心的掌握中，
蝴蝶的眼睛有一种学问，
可怜的傻瓜却无法懂。

他曾经活过，身为一位校长，
有着僵硬、拒人千里的目光，
一长串学者见到他的笤条
与巨著，又是哆嗦、又是紧张。

就像钟在一声声奏响，
一会儿刺耳，一会儿甜美，
他正是那样，学得如此出色，
做他美餐的就是玫瑰。

米切尔·罗伯茨和舞蹈者

他：意见可真是不值一分钱，

　　在祭坛上，这位武士

　　抓住他长矛，要在暮色中间

　　一下子把这条龙的躯体刺穿。

　　他爱着那夫人，很显然，

　　那条半死的龙就是她的思想，

　　每个早晨都要重新升起，

　　爪子深陷，嘶叫着恶斗一场。

　　要是那不可能的竟会发生了，

　　她的爱人想，她会有时间

　　把她的目光停在那镜子中，

　　于是她立刻就变得聪明。

她：你是说他们争论了？

他：　　　　　　　　就这样说吧。

　　但记在脑里，你爱人的工钱

是你的镜子里所能显示的一切。

如果这一切没在镜中出现，

他准会气得脸色发青。

她：我能不能在一所大学里学习？

他：走吧，去拔雅典娜的长发，

什么书能够施与一种

充满激情的严峻知识，

适于那起伏的胸脯、

健美的大腿、梦幻的眼睛？

让魔鬼将其余的一切带走。

她：漂亮的女人就一定不能

像男人那样有学问？

保尔·弗罗尼斯[1]

以及他所有了不起的朋友们

成天成夜地想象着身体，

想象在你这样喜爱的礁湖边，

---

[1] 保尔·弗罗尼斯（1528—1588），意大利画家。

骄傲、柔软、仪式庄重的证明

这一切都得被触及，被看见；

米开朗琪罗的西斯汀屋顶，^①

他的"早晨"和"夜晚"都显示了

那肌肉被怎样拉得紧紧，

或放松了，彻底放松于休憩，

能够凭着超自然的力量统治——

虽然只是肌肉。

她：　　　　　我听说

身体中有着巨大的危险。

他：上帝在分配酒和面包的时刻，

给人的是他的思想或他的身体？

她：我痛苦的龙真是其妙莫明。

他：我有出自这篇拉丁经文

的原则来证明我不错。

------

① 米开朗琪罗在西斯汀教堂屋顶画了有名的壁画，"早晨"和"夜晚"，是两座人体雕像。

有福的灵魂决不复杂，

所有漂亮的女人都能

生活在单纯的福气里，

把我们带到相同的一切——如果

他们驱逐每一个思想，除非

那些使他们喜欢的线条，

在长筒望远镜拉到头时，

甚至从脚底心也是这样想。

她：他们在学校里讲的不一样。

接近现代主义阶段

过去生活中的一个意象

他：直到今夜我才感到激动。

　　璀璨的星光在黯黑的河面上

　　投下了一片明辉熠熠，

　　一个个旋涡闪烁；

　　于是从那吓坏的、藏起的

　　飞鸟或走兽那里传来了叫声：

　　沉痛的回忆的意象。

她：我的心的意象从所有的

　　可能性，或理性中锻造成功，

　　到了最后的一刻，

　　青春的痛苦已经过去，

　　我曾以为我所有的日子

　　都在最可爱的地方虚掷了，意象依旧，

　　仿佛依旧没有接受教训。

他：为什么用你的手蒙住我的眼睛？

什么东西能使你惊惶失措，

我的眼睛是不是

根本就不要休息?

那里不过是缓缓西沉的夕阳，以及

河面映着燃得通红的苍穹，

这一切在此刻使你着魔?

她:那里飘荡着另外一个生活中的情人，

仿佛她不得不徘徊流连，

因为模糊的痛苦，

或骄傲的可爱之处，

只是用一只苍白的手指轻抚

在她那乌发的璀璨旋涡，

拆散一根小小的发辫。

他:但你为什么突然哆嗦?

吃了一惊——我在你的身旁——

想一想，

甚至对那为了美而发疯的眼睛，

任何一个黑夜都不能

唤起一个意象，或任何事物，

除了使我更疼爱你的意象。

她：现在她把手臂高高举过了头顶；

她举起手是要嘲弄我，

或只是要发现

此刻没有手指要按一按

她在风中飘扬的发辫，

我不知道，只知道我担心

夜色带给我这些盘旋着的事物。

一九一六年复活节 *

我曾在黄昏时分遇见他们，

他们脸带生动的表情，

离开柜台或写字台，

从灰暗的十八世纪房子中走出。

我经过他们身边，点点头，

或客套地说些无意义的话，

或在他们中间做片刻逗留，

说些客套而无意义的话，

一面还在说这些话，就会想

一个讽刺的故事或笑话，

---

* 一九一六年复活节，爱尔兰争取民族自治运动的爱尔兰共和兄弟会举行起义。起义失败了，参加的人遭到残酷的镇压。对于这次起义，叶芝觉得不能理解，但起义者的献身精神使叶芝十分感动。诗用先抑后扬的手法引出，第一节的一开始时叶芝与"他们"（一九一六年复活节起义中牺牲的人，即后面提到名字的几个人）不过是泛泛之交，对他们是不以为然的，但"一切变了"，从一个戏剧性事件引出戏剧性抒情。第二节中的"女人"指康斯坦丝·马凯维支，"办了一所学校"的男人是校长皮尔斯，"他的助手和友人"是作家麦克多纳，"另外一个人"即茅德·冈的丈夫麦克布莱德，后三个人都牺牲了。叶芝对麦克布莱德一直是不满的，但在这种勇敢的献身中，他也变了。诗的前两节谈"变"，后两节反过来谈"不变"的一面，正是不变使他们心如岩石，只抱一个宗旨，作为岩石，他们要把象征着变化的世界的溪流"扰乱"。下面引出的意象都是动态的，但在这一切中间是不变的"岩石"。第四节为他们的牺牲惋惜，但他们的死亡毕竟是场英雄主义的梦，充满了"过多的爱"的梦，因为他们的献身，"一种可怕的美已经诞生。"

可以在俱乐部的炉火旁

说给一个伙伴听，让他乐一下，

因为我相信，我们都不过是

生活在身穿小丑彩衣的场所中；

一切变了，变得是那样彻底：

一种可怕的美已经诞生。

那个女人的白天是在

天真无知的善意中度过，

可她的夜晚却是在

声嘶力竭的争论中度过。

正当芳龄，秀丽动人，

她骑着马去追逐野兔时，

谁的声音又比她的更好听？

这个男人办了一所学校，

还曾骑过我们插上翅膀的马，

这另一个，他的助手和友人，

也与他一起合力向前进发，

他本来也许会赢得声名，

这样的敏感仿佛是他的天性，

他的思想是这样的大胆和美妙。
这另外一个人，我曾认为
是爱好虚荣、粗鄙不堪的酒鬼。
他对我心上最亲近的人
做出过一些最恶劣的行为，
但我要把他写入我的这支歌中，
他同样从那漫不经心的喜剧里
辞去了他所扮演的那个角色；
他也在他的时机中
变了，彻头彻尾地变了：
一种可怕的美已经诞生。

许多颗心只抱定一个宗旨，
经过了夏天，经过了冬天，
仿佛给魔法变为一块岩石，
要把那生命的溪流扰乱。
那从路上奔来的马，
那骑马的人，还有那鸟，
在翻腾的云端飞上飞下，
一分钟又一分钟地变化；

飘在溪流的云彩的影

一分钟又一分钟地变化，

一只马蹄在溪边滑动，

一匹马在溪中溅着水花，

长脚的母松鸡拍翅飞落，

母松鸡对公松鸡咯咯叫唤；

一分钟又一分钟地生活，

岩石在这一切中间。

一种牺牲太长久了，

能把心变为一块岩石。

噢什么时候才算个够？

这是天国的本分，我们的本分

是喃喃地念着一个又一个名字，

就像母亲给她的孩子起各种名字，

当睡意最后终于降临

到已跑野了的肢体上。

那还不是夜色终于来到？

不，不，不是夜色而是死亡，

这死亡到底是不是必要？

因为英国也许还有信义，
尽管这已做了或说了的一切。
我们知道他们的梦，知道
他们曾梦过，死了，就够了；
就算过多的爱在他们死前
曾使他们感到困惑又怎样呢？
我在诗中把这写出来——
麦克多纳和麦克布莱德，
还有康诺利和皮尔斯，
现在，或是在将来的时间；
那所有披上绿色的地方，
都变了，都已彻底变了：
一种可怕的美已经诞生。

十六个死人 *

哦我们先前泛泛说过，

那十六个被枪毙了的人，

但谁又能谈论得与失，

什么应该是或不是，

当那些死人还在磨蹭，

在烧沸的锅子中拨动？

你说在挫败德国人之前，

我们应该让国家保持平静；

但此刻皮尔斯又聋又笨，

谁还在这里为此争辩？

什么逻辑比麦克多纳的

------

* 这首诗的背景同样是 1916 年复活节，爱尔兰争取民族自治运动
的起义。英国军方逮捕了多人，并处决了其中最激进的十六个，他
们因此成了爱尔兰历史上的英雄人物。在第一节诗中，叶芝把他们
描绘成是"在烧沸的锅子中拨动"，但是他认可他们的英雄主义。
派特里克·皮尔斯是诗人和学校校长，英国政府本来是可以与皮尔
斯那样的人物谈判，可他死了，"又聋又笨"；托马斯·麦克多纳是
诗人，"骨节突出的拇指"在这里是死亡的象征；爱德华特爵士和
沃尔夫·同是死于 1798 年的爱尔兰革命者。可参看《一九一六年
复活节》一诗以及其注释。

骨节突出的拇指更有分量？

你怎样能梦想他们会听——
他们的耳朵只听得进
他们新找到的同志们，
爱德华特爵士和沃尔夫·同
或瞎扯我们的得与失，
在骨头与骨头之间谈论。

致一个政治犯 *

从童年时代起，她只有一点点
耐性，现在耐性却大得多；
一只灰色的海鸥再不心惊胆战，
飞入她的牢房，在那里栖息，
那里，听任她的手指触摸，
从手指间吃着一些面包屑。

当她抚摸着那寂寞的翅膀，
脑海里回想起逝去的情景，
她变成了一件东西：痛苦、抽象，
她的思想变成了某种流行的敌意；
盲人，还有盲人的领路人
饮着脏沟水，而他们就躺在那里。

---

* 这首诗写的是康斯坦丝·马凯维支，她是爱尔兰共和兄弟会
1916 年复活节起义中的重要人物之一。她出生于爱尔兰的一家
望族，以美貌著称。复活节起义失败后，她被关进了监狱。对于
这次不成熟的起义，叶芝并不赞同，但又深为其精神所感动。在
《一九一六年复活节》一诗中也写到了这位女起义者。

好久以前，我看到她驰骋

在本布尔本山下，参加集会——

她那个乡间的光彩夺目的美人，

青春所有的孤独的激情都在荡漾，

她仿佛出落得如此耀眼、甜美，

像岩石抚养、海洋生长的鸟一样。

从海洋出生，在晴空中翱翔，

当它第一次从它的鸟巢中飞出，

在一块高耸的岩石上远望，

望着阴云密布的苍穹，

从它风吹雨打的胸脯

传出了海洋的怒吼声声。

快破晓的时光

可是我梦境中的幽灵，
那躺在我身边的女人？
梦着，或我们分享着梦，
黎明透出第一丝幽光冷冷。

我想："在本布尔本山那边
有一道瀑布，整个童年里
我都视为无比亲切的瀑布，
无论我漫游的足迹会有多远，
我从未找见如此可亲的景点。"
我的记忆已把童年所珍视的
这许多东西放大、扩展。

我想摸摸它，像个孩子一样，
但知道我的手指只能摸摸
冰冷的石头和水。我真发了狂，
甚至指控起天国，因为

它制定的法律中竟有一条是这样

我们爱得太多的东西呵——

我们的触觉却无法估量。

我梦着，直梦到了快破晓的时光，

冷风把水花吹进了我的鼻孔。

但是她，躺在我身边的人，

还在更痛苦的梦境中，

望着阿瑟①的那只神奇的雄鹿，

那只洁白的雄鹿，跳跳奔奔，

从峻峭的山岭跃到峻峭的山岭。

---

① 英国传说中的一位古代皇帝。

第二次来临

转呵，在越来越宽的回旋中转，

猎鹰再也听不到驯鹰者的呼唤，

一切都瓦解了，中心再不能保持，

只有一片混乱来到这个世界，

鲜血染红的潮水到处迸发，

淹没了那崇拜天真的礼法，

最优秀的人失去了所有信念，

最恶劣的人，狂热充满心间。

显然某种启示就要来临，

显然第二次来临已经迫近；

第二次来临！这几个字还在嘴上，

出自世界之灵的一个巨大形象，

扰乱了我的视线：一片荒漠的沙尘，

一具有着狮身、人首的形体，

凝视着，像太阳光一般空洞、无情

正慢慢地挪动腿，大漠中

愤怒的鸟影纷纷晃动在周遭。

黑暗又降临了，但我已知晓，

二十世纪的死气沉沉的睡眠

给晃动的摇篮摇入恼人的梦魇。

什么样的野兽，终于等到它的时辰，

懒洋洋地走向伯利恒，来投生？①

---

① 这首诗的诗题是从《圣经》上借用的，《圣经》中预言耶稣将"第二次来临"，带来太平盛世，又预言会有一个"伪耶稣"到来，在人间作恶。在叶芝的象征主义体系里，历史每一循环两千年，那么现代世界已危机重重了，一个"伪耶稣"即将来临。第一节用具体的形象描绘了浩劫来临前的混乱状态。第二节中的"世界之灵"意思接近荣格的"集体潜意识"，叶芝把狮身人面的形象说成来自"世界之灵"，抹上了神秘主义的色彩，其实还是指那要给人们带来灾难的"伪耶稣"形象。摇篮原先象征耶稣降生之地，这里指"伪耶稣"出世之处。叶芝后来曾向友人引用这首诗，证明他对法西斯主义的兴起是感到十分忧虑的。

为我女儿的祷告 *

又一次暴风雨在怒吼，但半掩

在这摇篮的幔子和被单下面，

我的孩子依然酣睡。格雷戈里树林

和贫瘠的山坡是唯一的屏藩，

那里，从大西洋吹来，一路吹翻草堆、

掀走屋顶的狂风，才能被挡一挡，

整整一小时我漫步着，祷告久长，

因为那在我头脑里的阴霾①深深。

整整一小时我为孩子踱步、祷告，

听海风尖声在高塔上呼号，

在桥的拱洞下狂啸，在涨起的

溪流畔的榆树中间尖嘶；

我在激动的遐想中幻想，

那未来的年月已经来临，

随着疯狂的鼓声舞蹈不停，

来自那充满恶意、天真的海洋。

但愿她能出落得美丽，但不是

那使一个陌生人迷乱的美丽，

或使她自己在一面镜子前陶醉，这样，

一个长得太漂亮的姑娘，

会认为美貌是一个自足的目的。

因此丧失了自然的仁慈，还有

让人做出真正选择的心意相投，

结果从来不能获得友谊。

海伦入选，却发现生活无味、平淡，

从一个傻瓜那里遭到了许多麻烦，

而那伟大的女王，从海浪里升起，

没有父亲，她本可以随心所欲，①

结果选了一个罗圈腿的铁匠当男人。

多少美好的女人总是

吃风靡一时的肉沙拉子，②

于是把富裕之角③这样断送。

我愿她首先学会谦逊，

心灵不是天赐之物，而是由那些

并非十全十美的人，努力挣到了手，

然而好多人，为了美本身的追求

扮演了傻瓜，使魅力变得聪明，

还有多少可怜人，曾流浪过，

爱过，并认为自己被人爱过，

最终瞩目于一种仁慈的欢欣。

愿她成为一棵树，枝影重叠，

她所有的思想像一只只红雀，

---

① 维纳斯是从海中诞生的，因此没有父亲。
② 大意是赶时髦的胡思乱想。
③ 在罗马神话中，大地的母亲西勒斯常被描绘成左手捧着一只羊角，里面盛满了花朵，因此羊角成了富裕的象征。在这首诗里，叶芝还把它与谦逊、高贵、礼仪联系起来了。

没有什么使命，只是到处散播

它们的声音辉煌又柔和，

那只是在一种追逐中的欢乐，

那只是在一种斗嘴中的欢乐，

或愿她生活得像一棵葱茏的月桂树①，

扎根于亲爱的、永恒的泥土。

因为我曾经爱过的那些心灵，

我赞成过的那种美，都没交上好运，

我自己的心灵，近来也日渐干涸，

但我知道心为仇恨所扼，

在一切邪恶中最为邪恶深重，

如果心灵里没有一丝恨意，

风的殴打，风的攻击，

决不能把红雀赶出树丛。

心灵上的仇恨是最糟的事情，

因此让她明白思想实在可憎，

我见到过最婀娜可爱的女人，

———————————————

① 月桂树原指诗人的桂冠，此处稍有引申。

她正是在富裕之角中出生，
只是因为她有固执的思想
把那只角，以及安详的性格
所能理解的每一种美德，
去换了一只怒号的老风箱，

想一想吧，一切仇恨都被驱尽，
灵魂恢复了那本来的天真，
最终认识到了灵魂就是自娱，
就是自我安慰，自我警惕，
它甜蜜的意志将是天国的意志，
纵然每一张脸都怒气冲冲，
每一个多风之处都吼个不停，
或每一只风箱迸发，她依然自怡。

愿她的新郎把她领到家去，
那里，一切都合乎习惯、礼仪；
因为骄傲和仇恨只是商品，
任人大声叫卖在市中心。
除了在风俗和礼仪之中，

哪里还能生出天真和美？

礼仪，是丰裕之角的称谓，

风俗，是繁茂的月桂树的姓名。

驰向拜占庭 *

—①

那不是老年人的国度。青年人

在相互的怀抱中，鸟儿在树上

——那些垂死的一代代——在歌吟，

鲑鱼如阵阵瀑布，遍布鲑鱼的海洋，

鱼、兽或鸟，一夏都赞个不停，

赞着一切的降生、养育，还有死亡。

沉溺于感官享受的音乐，全都疏忽

那永葆青春的精神的纪念物。

—②

一个老年人只是个废物，

---

* 拜占庭即现在的伊斯坦布尔，曾是东罗马帝国和东正教的中心，
对叶芝来说，拜占庭是个内涵十分丰富的象征。它象征着艺术、永
恒、精神与物质的统一，是一个超脱了人间无常变化的地方。
① 第一节主要写青年达不到这种境界，他们太"沉溺于感官享受"；
鲑鱼和鲑鱼的意象都是指鱼的繁殖，因此与青年相连，但这一切都
要走向死亡。
② 第二节写老年人因为精神和肉体都退化了，也难进入这种境界，
只有当灵魂"尽管它的衣衫破烂"（指肉体的衰颓），依然"唱得响
亮"（指寄托于永恒的艺术品），才能来到"拜占庭这座神圣的城
堡"。这时叶芝已六十多岁了，所以最后两行写出了叶芝的向往（叶
芝没去过拜占庭）。

一件破外衣裹着一根拐杖，

除非灵魂的掌声和歌声传出，

尽管它的衣衫破烂，唱得响亮，

任何歌唱的学院，都在研读

纪念碑上记载自己的辉煌，

因此我远渡重洋，来到

拜占庭这座神圣的城堡。

三①

哦智者们，站在上帝的神火中，

就像墙上的镶金磨嵌雕饰，

从圣火中走出来吧，旋转当空，

成为教我灵魂歌唱的导师，

把我的心烧尽，执迷于情，

附在垂死的野兽身上，奄奄待毙，

它不知道自己是什么，将我收进

那件永恒不朽的工艺精品。

---

① 这节里的"智者"大约指的是拜占庭的哈吉·苏非尔教堂墙上镶金磨嵌的智者形象。
"旋转"是叶芝最爱用的词之一，这里意思是要智者从墙上旋转下来，把他的心烧尽，
帮助他进入他们的境界。

四①

一旦超脱了自然，我再也不想

从任何自然物体取得我的体型；

除非像希腊的金匠铸造的那样，

用镀金或锻金所铸造的身影，

使那个要睡的皇帝神情清爽，

或者就镶在那金树枝上歌吟，

唱着过去、现在或未来的事情

给拜占庭的王公和贵妇人听。

---

① 在这一节里，叶芝是说他一旦摆脱了束缚，就不再附于任何自
然物体。叶芝对这一节做过一个注："我在什么地方读到过，在拜
占庭的王官里有一棵金银做成的树，树上有着人工做成的会唱歌的
鸟。"诗用这个意象表明，诗人想在这种拜占庭的艺术中获得永生。

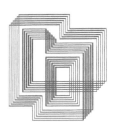

成熟的高峰阶段

塔 *

一

面对这样的荒诞我怎么办——

哦心，哦苦恼的心——这幅漫画，

那已缚上了我的衰弱的老年，

就像缚上了一条狗的尾巴？

             我从未有

更激动的、热情的、狂热的

幻想，眼睛和耳朵也从未这般

期望过那不可能的事物——

不，甚至在童年，当我带着钓鱼竿，

假蚊钩，或差一些的虫子，爬上布尔本

山背，去度漫长的夏日，也不是如此。

似乎我只能吩咐缪斯女神走得匆匆，

只能选择柏拉图和普罗提诺①做伴侣，

直到最后，耳朵、眼睛、幻想

---

* 叶芝自己说过，这首诗是在巴力里塔中写的。

① 普罗提诺（生年不详，死于公元 270 年），罗马的新柏拉图主义
哲学家。

能满足于论点，并且处理

抽象的事物，或被鞋踵旁的

一把破水壶嘲笑不已。

二

我漫步在城垛上，久久眺望

一座房屋的地基，或那些地方，

树沾满烟煤的手指，从地里

伸出，把一阵阵幻想激起；

西斜的光线，落日熔金，

从废墟和古老的树丛里

唤起了种种意象和记忆，

因为我有个问题要问他们。

在山岭那边，曾住过弗兰许夫人①，

那时，一支支银烛插或烛台辉映，

把美酒瓶瓶与乌木家具照亮，

一个知道那受人敬仰的

贵妇人心愿的贴心仆人，

---

① 18世纪时住在巴力里塔附近的一位夫人。

奔了出去，用花园中的大剪刀

把一个无礼的农夫的耳朵剪掉，

放在一小碟盖了盖子的菜中。

有几个人依然记得——我还是小伙子时，

一支歌曲中赞美的一位乡村少女，

她生活在一个到处都是乱石的地方，

人们赞美她鲜艳、娇嫩的脸庞，

在赞美她中获得了欢乐无比，

记着这点：如果她在那里款步轻盈，

农民们就会在集市上挤个不停，

歌儿呵，能给予的欢乐也就是如此。

还有几个人，因为这些韵律昏了头，

或因为给她祝了数十次的酒，

从桌子边站起身口口声声讲，

凭这一景象就可证实他们的想象；

但他们把月光的明媚动人

误当作索然无味的白天光线——

音乐已使他们的心智迷乱——

其中一个淹死在克隆纳的沼泽中。

奇怪，作那支歌的人什么都看不见，

但我现在沉思过了，我就发现

一点都不奇怪，悲剧正是开始于

荷马[1]，荷马就是一个瞎子，

海伦背叛了所有活生生的心。

哦，但愿月光和阳光[2]仿佛

是一道无法解开的光线，

因为我要赢，就得让人发疯。

而我自己则创造了汉勒翰[3]，

把他从附近的村子里赶远，

不管沉醉或是清醒，赶入黎明。

被一个老人的把戏诓得发昏，

他磕磕绊绊、跌跌撞撞、摇摇晃晃

仅仅是为了野兔把膝盖跌破，

为了欲望的可怕的闪烁：

---

① 荷马在传说中是个盲人。
② 在叶芝的象征主义体系中，月光和阳光分别象征着人身上主观和客观的成分。
③ 叶芝戏剧中的人物。

二十年前我已把这一切弄懂。

好伙伴们在一家老酒店里玩牌，
轮到了那个老流氓洗牌，
他用大拇指给牌施了魔力，
除一张牌外，其余的都变了，
变成了猎犬，而不是纸牌一摊，
于是他把那张牌变成一只野兔。
汉勒翰在一阵疯狂中上路，
跟着那些狂吠的猎犬，奔远——

呵，奔向哪里我已忘了——够了！
我想起一个人，音乐或者
割下的耳朵都不能使他欢快，
他忧心忡忡，怎样也乐不起来；
一个形象变得令人难以置信，
当他结束了狗一般的日子，
没有一个邻居能说上什么，
这座房子中破产的老主人。

在废墟出现前，好几个世纪，

粗野的战士，膝盖下绑带重重裹起，

穿着铁鞋，爬在狭窄的楼梯上，

还有一些握着武器的形象，

他们这些形象贮藏着巨大的记忆，

用响亮的喊声和胸脯的喘息

突然打断了一个熟睡者的休息，

而他们大木制骰子在板上滚。

我要向一切人问，一切能来的人；

来吧，年老的、贫穷的、半骑在马上的人；

带来了美人的盲目、胡说的弥撒神父；

那个魔术师从上帝遗弃的草地上一路

派来的红人；弗兰许夫人，

赋有这样优美的一只耳朵；

还有那淹死在沼泽地中的家伙，

当时嘲讽的缪斯选上了乡下的娘们。

那些年老的男人和女人，富有或贫穷，

他们踩着这些岩石或经过这一扇门，

无论是公开或私下，怒火在胸中燃，
就像我现在一样奋力抗争老年？
但我在这些眼睛中找到了一个答案——
那些急于要离去的眼睛；
那就去吧，但得留下汉勒翰，
因为我需要他有力的记忆。

每一阵风中都送去爱的老荡子，
在你深深思考的头脑中发掘出
你在坟墓中所发现的一切，
因为肯定你已想到了每一度
无法预知、无法预见结果的
冒险，受到温柔的眼睛诱惑，
或迷于轻轻一触，或长长一叹，
跳入另一个存在的迷宫之中。

想象力更多地停留于
一个得到的女人或是一个失去的女人？
如果停留于失去的，承认你避开
一个巨大的迷宫，由于骄傲，

怯懦，某些愚蠢的太聪明的思想，

或任何一度称为良心的东西；

如果记忆重新出现，太阳的记忆

遭到日食，白天给抹得精光。

三

我早就该写我的遗嘱了；

我选择了杰出的人们，

他们涉过溪流混浊，

最后泉水跳跃，黎明时

在滴水的石头旁抛掉

他们的模子；我声称

他们将继承我的骄傲，

人民的骄傲不曾

属于事业，也不属于国家，

不属于那些遭人唾弃的奴隶，

也不属于那些唾人的寡人孤家。

勃克的人们和葛拉坦①的人们

———————————

① 爱德蒙·勃克（1729—1797）和亨利·葛拉坦（1746—1870），都是叶芝敬仰的爱
尔兰政治家。

他们给予，虽然他们可以拒绝——

骄傲，就像早晨的骄傲，

当往下倾泻的阳光松弛了，

或神奇的号角的骄傲，

或突然下的阵雨的骄傲，

当所有的溪水都已干涸，

或那样的时刻的骄傲，

大鹅的眸子必须盯着

一道渐渐黯淡下来的光，

沿着闪烁的河湾的

长长的一段距离飘荡，

在那里把它最后的歌唱完。

我公开宣称我的信念：

我嘲笑普罗提诺的思想，

而对柏拉图的怒火叫喊，

死亡和生命不是生命和死亡，

要一直到人把整体组成，

从他苦难的灵魂里

做成锁、货物和木桶，

是的，太阳、月亮和星星，一切。

进一步，在这一切之外，

因为死了，我们站起身子，

梦，于是这样创造出来

超越太阳历的天堂。

我准备好了我的安谧，

用有学问的意大利书本，

希腊的骄傲的宝石，

诗人的想象种种，

还有爱情的回忆，

女人的话语的回忆，

所有这些东西，从这些东西里，

人做了一个超人的

像镜子一样的梦。

就像在那里的窗洞中

乌鸦呱呱叫着、嘎嘎啼着，

扔下一层又一层的小枝。

当它们已一层层堆了上去，

做母亲的鸟就会俯伏

在凹进的顶端上休憩，

这样来温暖它狂野的胸脯。

我把骄傲的信念
留给杰出的年轻人,
登上山岭的一边,
在喷薄的黎明,
他们就能扔掉一只苍蝇;
那一种金属做成的存在,
直到最后这种
久坐案旁的行业把腰坐坏。

现在我要命令我的灵魂,
逼着它在一个
知识渊博的学校中
学习,直到躯体的残骸,
血液的缓慢腐败,
暴躁的谵语昏沉,
或沉闷的衰退、老迈,
或什么更糟的邪恶来临——
友人的死亡,或每一对

绝妙的眼睛的死亡，

使呼吸一下子呼吸不上来——

仿佛只是天上的云彩，

当地平线渐渐黯淡；

或一只鸟儿充满睡意地啼唤

在渐渐深去的阴影中间。

轮 子

走过冬天我们拜访春天，
走过春天又去拜访夏天，
当到处丛生的一圈圈藩篱
宣布说冬天最为美好无比，
此后再没什么好的东西，
因为春天还远远不见足迹——
也不知道那使我们血液不安的
仅仅是它对坟墓的渴念。

为我儿子的祷告

吩咐一个强壮的精灵站在头上，
我的米切尔就能睡得又甜又香，
不在床上哭，也不在床上翻，
一觉睡到早餐送至床边；
愿离去的暮色把所有的惊吓
都赶得远远，直到黎明回来，
这样，他的母亲就不会苦于
缺少足够的睡眠。

吩咐精灵把剑握在手中，
有一些——因为我声明——
这样邪恶的事情存在，
他们图谋着要将他杀害；
由于他们知道，一些高尚的思想
以及行为会出现于他未来的时光；
他们会通过狂吠的仇恨，
把那一切化成齑粉。

虽然从每一天的虚空中，你
制造出一切，并教会晨星
怎样放开歌喉，声声婉转，
你缺乏那种清晰的语言
去说出你最简单需求，要知道
在一个女人的膝上痛哭号啕，
是血肉之躯的
最丢人的事。

当城市里到处奔动着
你的敌人的仆从，
除非撒谎的是《圣经》，
一个女人和一个男人
急匆匆走过平坦和险阻，
走过肥沃和荒芜，
保卫着，用人的爱，
直到危险再不存在。

丽达与天鹅 *

猝然猛袭：硕大的翅膀拍击

那摇摇晃晃的姑娘，黑色的蹼爱抚

她的大腿，他的嘴咬住她的脖子，

他把她无力的胸脯紧贴他的胸脯。

她受惊的、意念模糊的手指又怎能

从她松开的大腿中推开毛茸茸的光荣？

躺在洁白的灯芯草丛，她的身体怎能

不感觉卧倒处那奇特的心的跳动？

腰肢猛一颤动，于是那里就产生

残破的墙垣、燃烧的屋顶和塔颠，

阿伽门农死去。

    因为这样被征服，

---

* 按照叶芝神秘的象征主义体系，历史的每一循环为两千年。每一循环都由一位姑娘
和一只鸟儿的结合开始，从公元起这两千年是由玛丽和白鸽（即圣灵怀孕说）引出的。
众神之王宙斯变形为天鹅，使丽达怀孕产了两个蛋。蛋中出现的是海伦和克莱提纳斯，
海伦的私奔引起了特洛伊战争，而克莱提纳斯和奸夫一起谋杀了她的丈夫阿伽门农。
叶芝把丽达和天鹅的结合作为历史的开端来写，使这首诗有了丰富的象征内涵。

这样被天空中野性的血液所欺凌，

在那一意孤行的嘴放她下来之前，

她是否用他的力量骗得了他的知识？

在学童中间 *

一

我从长教室走过，提着问题；

回答我的是和蔼的老修女，戴白头巾；

孩子们学做算术，练唱曲子，

还要读种种读物和历史课本，

学剪裁、学缝纫，一切都得整洁，

样式更要时髦；孩子们的眼睛

出于片刻的好奇，牢牢地盯住

一位微笑的、六十岁的头面人物①。

二

我梦见一个丽达那样的身影②，

俯在残火上，讲着一个故事：

粗暴的责备，或小小的事情

---

* 1926 年叶芝参观了一所修女学校，他终生追求的对象茅德·冈当年就像这些学童中的一个，由此触发了灵感，写成这首诗。
① 即叶芝本人。
② 在希腊神话中，宙斯化形为天鹅，与美女丽达发生关系，生下海伦和克莱提纳斯，此处暗指茅德·冈，参见《丽达与天鹅》的注。

使得童年的一天变成了悲剧——

这一讲，仿佛我们两颗心灵

因为青春的同情交融到了一起；

或者，把柏拉图的比喻改一改[①]，

成了一个蛋壳中的蛋黄和蛋白。

三

想起了当年那一阵子的悲伤或怒气，

我看着这里一个又一个的学童，

纳闷她那个年纪是否也这样站立——

因为天鹅的女儿也会继承

涉水的飞禽的每一份素质[②]——

也会有同样颜色的秀发和面容，

这样一想，我的心跳得多快；

她站在我前面，一个活泼的小孩。

----

① 在柏拉图的《对话录》中，有人这样解释爱情：人最初是四手、
四脚，一个头有两张脸，后一分为二，但每一个人都向往着他(她)
的另外一半。海伦是从一只蛋里出来的，也为叶芝的比喻提供了一
种内涵。
② 此处指海伦和克莱提纳斯既是美人，又是带来不幸的人，也有
影射茅德·冈的意思。

四

她现在的形象飘进了我的脑中，

像是十五世纪艺术大师塑造①——

她两颊深陷，仿佛畅饮着风，

用一堆影子来把自己填饱。

我虽然从不是丽达那样的品种，

也曾有过漂亮的羽毛——好了，

远不如用微笑报以微笑，来证明，

舒舒服服地活着的一个老草人。

五

一个年轻的母亲，膝上紧抱

生殖之蜜②所泄露的一个形体，

他必须睡呀，叫呀，挣扎着逃掉，

按照记忆或药物来决定一切，

当她瞥见，六十多个冬天来到

---

① 这里指茅德·冈老年时的情况。
② 叶芝自己有个注："我是从波菲利（罗马新柏拉图主义哲学家，约232—305）的《仙女洞》一文中采用'生殖之蜜'这个词的，但没有在他的文章里找到他为什么把它看作摧毁人出生前自由的'回忆'的药物。"下面几行是根据这样的传说写成的："生殖之蜜"抹去了出生前的幸福的回忆，把一个孩子生到了世界上，如果"生殖之蜜"即刻见效，孩子就睡了，如果未能马上起作用，孩子还得"挣扎着逃掉"过去的回忆。

那个形体的头上，她会不会觉得她儿子

已报答了她生他时的痛苦，

或未卜的前途对他的祝福？

六

柏拉图以为自然不过是泡影，

在幽灵般的事物变幻图上嬉舞；

坚实的亚里士多德把鞭子挥个不停，

抽打着那万王之王的屁股，①

金股骨的毕达哥拉斯②举世闻名，

拨弄着琴弓或琴弦，算出

哪一颗星星歌唱，无心的诗神听到了，

旧拐杖裹着旧衣服，去吓飞鸟。③

七

修女们和母亲们，都崇拜偶像，④

---

① 柏拉图以为自然是最高精神实质的表象，亚里士多德则更坚实，
因为他相信形式存在于自然之中，这样自然是有实质的。亚里士多
德是亚历山大大帝的教师，可能曾用鞭子管教过他。
② 毕达哥拉斯是公元前六世纪的古希腊哲学家，擅长数学研究，
并发挥出一套关于数的关系的神秘主义哲学。他的学生们对他十分
崇敬，以为他是一位长着金股骨的神。
③ 这行诗是说这些哲学家的理论只是吓鸟儿的草人。
④ 修女崇拜耶稣的偶像，母亲崇拜她孩子的偶像。

但那些烛光照亮的面容不能

像激起一个母亲遐想的偶像一样，

而只是使石像或铜像保持安静，

但它们也叫人心碎——存在的众生相，

激情、虔诚、慈爱所熟悉的事情，

还有天国的光荣所象征的一切——

噢，人类事业对自身嘲弄不已。

八

劳作也就是开花或者舞蹈，①

那里，不为了取悦灵魂而擦伤身子，

美并非为其自己的绝望所制造，

模糊的智慧无法来自熬夜的灯里。

噢根子粗壮的栗树，枝头含苞，

你是叶子、花朵抑或树的躯体？

噢随着音乐摆动的身体，明亮的眼睛，

我们怎样区分舞蹈和跳舞的人？

---

① 叶芝把生活看作宇宙的舞蹈，在这样一个舞蹈中人的每一种能力都和谐地参加了进去。就像舞蹈者变成了舞蹈的一部分，每一个人都卷入了这一过程，叶芝把宇宙的舞蹈观视为调和日常生活中对立面的一种方法。

英雄、姑娘和傻瓜

姑娘：我对自己在镜子中的形象生气，
　　　它与你夸奖时的那个形象全不一样，
　　　仿佛你夸奖的是另一个，或甚至
　　　赞扬的是我的反面，将我奚落一场；
　　　到了早上醒来时，我都怕我自己，
　　　因为心在高喊；欺骗赢得的东西
　　　必将保持着残忍；因此听警告走开，
　　　如果你看到的是那个形象，而不是女人。

英雄：我对我自己的力量生气，因为
　　　你曾爱过我的力量。

姑娘：如果你不强，就像我也不美，
　　　我不如找个修道院去做尼姑；
　　　一个尼姑至少有所有男人的尊敬
　　　而且不需要残忍。

英雄：我听到一个人说，

　　　　男人尊敬的是她们的神圣，

　　　　而不是她们自己。

姑娘：说下去，说下去，

　　　　只有上帝因为我们自己而爱我们，

　　　　可对男人的爱的渴望，我在乎什么？

路边傻瓜：当所有的工作，

　　　　从摇篮走向坟墓，

　　　　或从坟墓走向摇篮；

　　　　当一个傻瓜绕在

　　　　一只线轴上的思想

　　　　只是松松的线，只是松松的线；

　　　　当摇篮和线轴都已成为过去，

　　　　我最后也只是一道影子，

　　　　事物的凝固剂，

　　　　像风那样透明，

　　　　我想我也许会找到

　　　　一个忠诚的爱情，忠诚的爱情。

一个年轻又年老的人 *

一 初恋

虽然像驶去的月亮一样

---

* 关于《一个年轻又年老的人》，约翰·温特莱克的《威廉·勃特勒·叶芝读者指南》中有这样一段注释，现选译出来，供参考。

　　《一个年轻又年老的人》是叶芝自己爱情生活的一首狂想曲。（叶芝原先想把它与《一个年轻又年老的女人》一起发表，但他把姐妹篇留下来放在"喷泉版"的《旋梯》（1929）中发表了，因为他那时发现截稿期已近，手边又没有足够写好的诗来凑成一本集子。）

　　诗由一系列有内在联系的意象组成：月亮、岩石、折断的树，还有——令人惊讶的——一声尖叫。《一个年轻又年老的人》把青年熟悉的爱情经历与老年熟悉的爱情经历加以对比，青年的诗（前面四首），表现那个铁石心肠的女人（作为月亮女神的茅德·冈）。她能使她的爱人发疯，头脑里再无一点思想，就像月亮使天空中再无星光（因为月光比星光明亮），爱人被她变形了。他在第二首诗《人的尊严》里写到"像一块石头"躺在折断的树下，而她在一种夜的光辉中驰过。虽然某个生物（一只飞过的鸟）的尖叫能使他摆脱出来，他还是选择了沉默的庄严。在第五首诗《空杯子》中，也就是老年人的第一支歌中回忆了那个疯子"受月亮的诅咒"。青年，他在另一个女人身上找到了他的初恋对象所拒绝的沟通，但即使是和另一个女人在一起，他还是不敢饮那爱情之杯。现在他们都忘了，杯子"干得就像枯骨"……在第六首诗《他的回忆》中他相当来劲地声称，那个女神一样的形象（现在是海伦了，这是叶芝最喜欢用的茅德·冈的对应人物）曾使青年的他发疯，事实上确也曾一度躺在具有象征意义的荆棘下的他的怀里（这里更可能是从艺术比喻上讲的）。他揭露，她事实上也进入了听不到尖叫的寂静，"对着这只耳朵说：'揍我，要是我尖叫不已。'"

　　第七首诗《他青年时代的友人》中已是嗓音沙哑的疯老头在鼓着圆圆肚子的月亮下大笑（在这一点上自传的意味溜走了，而是戴了叶芝为他自己制作的疯子面具），老玛奇也在月光下走到了他身边，但她现在也疯了，在怀里抱着一块石头想喂养尖叫的彼特——青春的又一个面具，叫着"我是孔雀之王"，老人笑得眼泪滚下了脸庞，"想起了她的叫喊是爱情，／他的叫喊出自骄傲的心。"

在美的残忍的一家子中成长，

她，一会儿脸红，一会儿款步，

久久伫立于我的道路，

最后我认为她胸中

有一颗血肉之躯的心。

但自从我把手放在她心上，

发现那原来仅仅是铁石心肠，

我已尝试过许多事情，

却没一件能圆满地做成，

因为在月亮上旅游的

每只手都是疯狂。

（接上页）

　　第八首诗又回到那折断了的荆棘树下的重要的夜晚，爱人们谈了半夜后又躺在相互的怀抱里，仿佛形而上地使那棵枯树重新恢复了生命；"曾有过怎样的新芽绽开，／曾有过怎样的花朵怒放……"但现实不是在于消失了的春天和夏天，而是在于老年人的冬天……在第九首诗《老人的秘密》里，老玛奇承认她也曾回报了他的爱（"说出了我在热血沸腾的／日子里想都不敢想的内容"）。共享的爱情是结尾时的主题，在荆棘下"稻草床褥的故事"属于那对"爱了许多年"的人，但他们只做爱了一次，"鸭绒床褥的故事"属于那对只爱了一年但一年到头都在做爱的人。

　　然而现在他与人分享过的床却被扫进了过去的垃圾（第十首《他的狂野》），"派格、梅格还有帕黎斯的爱人"都逝去了，于是老人在诗中形孤影单，又一次转向那些充满意义的意象，想把它们汇合在自己身上（所以列举了云一般的海藻、孔雀的叫声、石头等意象）。最后一首是叶芝翻译的《在考勒诺斯的俄狄浦斯》中的合唱部分，仿佛是要使老人从那只能给老人带来痛苦的"青春的欢乐"的记忆中解脱出来。尖叫结束了，欢笑的舞蹈者拥在"回声久漾的街上"，把新娘带入新郎的房间，还有充满象征意义的一吻——那结束了或短或长的生命的默默一吻。

她莞尔一笑，让我变形，
使我变成了一个闲人，
在这里彷徨，在那里彷徨，
头脑空空，没有一点思想，
就像在天国星星的马戏场中，
月亮已驶去时那般光景。

二　人的尊严

她的仁慈就像月亮，
如果我能将那无法
理解的东西称为仁慈，
但尽管如此，还是一样，
仿佛我的悲哀是景色
画在一堵墙上。

于是我躺着，像一块石头，
在一棵折断的树下，
如果我能对飞鸟
尖声嘶叫我心中的痛苦，

我就能恢复，但我无言，

因为人的尊严。

三　美人鱼

美人鱼看到一个游泳的少年，

将他挑选为自己的伴侣，

她的身躯紧紧贴他的身躯，

咯咯笑着，猛地往下潜，

在残忍的幸福中却忘记，

甚至爱人也会淹死在水里。

四　野兔之死

我放出一群狂吠的猎狗，

野兔奔奔跳跳逃入树林；

我说了一句赞扬的话，

就像一个情人充满欢欣，

只是眼睛的一闭，

只是血液的一凝。

瞅见她发狂的样子，

我的心突然一下子缩紧，

我想起丧失了的野性，

还有以后，从这里扫走的一切，

于是在树林中我久久独立，

因为野兔之死悲恸。

五　空杯子

一个疯子找到一只杯子，

当时他几乎快要渴死，

都不敢湿一湿他的嘴，

他幻想着；受月亮的诅咒，

再满满地喝上一口，

他狂跳的心就会迸裂。

去年十月我也找到那只杯子，

但发现它干得就像枯骨，

因此我也发了疯，

我的睡眠无影无踪。

六　他的回忆①

我们应该躲起，不让他们看见，

因为只是一幕幕圣剧上演，

破碎的身体像一根荆棘，

凄凉的北风吹在上面；

想一想那埋下的赫克托②，

没有活着的人知道一丁点。

对于我做的或说的，

女人们如此不加重视，

宁可屏弃给她们的爱抚，

去听一头笨驴一声声嘶，

我的手臂像弯曲的荆棘，

但好处也就在这里。

整个部落的头领都躺在那里，

还获得了这样巨大的乐趣——

她使伟大的赫克托殒命尘埃，

① 诗中说话人回忆的内容是和特洛伊战争有关的，参看荷马的史诗《伊利亚特》。
② 希腊神话中特洛伊的名将，后为阿喀琉斯杀死。

把特洛伊变成了一片废墟——

于是她对着这只耳朵说:

"揍我,要是我尖叫不已。"

七 他青年时代的友人

笑声,而不是时间,毁了我的嗓音,

在里面添上了那条裂缝,

当月亮鼓着圆圆的肚子,

我笑得直喘不过气;

老玛奇走下那条小巷,

一块石头在她的胸上,

一件斗篷把那石头裹起,

她一点儿都得不到休息,

只顾得上哼着"轻轻呵,亲亲"——

她可是一个疯野过的人,

如今像逝去的波浪一样贫瘠,

以为那块石头是个孩子。

还有彼特,他一度干过大事,

曾是个拼命往上走的男子,

如今嚷着"我是孔雀之王",

俯身蹲在一块石头上,

我笑得眼泪直往下淌。

于是,心儿捶打着我胸膛,

想起了她的叫喊是爱情,

他的叫喊出自骄傲的心。

八 夏天和春天

我们坐在一株老荆棘树下,

聊着,聊着,聊过那个长夜,

谈着自从我们出生以来

那曾做的和说的一切,

讲到我们怎样成人,

知道我们把灵魂一分为二,

把一半放入另一个的怀抱中,

这样我们又把它合二为一;

于是彼特显出一副凶狠的样子,

因为,看来他和她,

就在这株树下,一起

谈到过他们童年的日子。

噢，曾有过怎样的新芽绽开，

曾有过怎样的花朵怒放，

当我们有着所有的夏天时间，

她有着所有的春天时间！

九　老人的秘密

我曾有过年轻女人的秘密

现在有了老年女人的秘密；

玛奇说出了我在热血沸腾的

日子里想都不敢想的内容，

那曾使爱人没顶的一切，

如今听上去像只古老的曲子。

要是玛格蕾挡了玛奇的路，

准会给揍得一句话都说不出，

我们三个人克服了孤单；

因为今天活着的人中间，

没一个知道我们知道的故事

或者像我们那样说的故事。

在已消失的男人中，那一个

男人怎样最讨女人的欢心，

这样一对伴侣爱了许多年，

可这样的仅仅是一对，

稻草床褥的故事，

鸭绒床褥的故事。

十　他的狂野

噢吩咐我登上去，攀上去，

在云一般的海藻里，

因为派格、梅格还有帕黎斯的爱人，

曾有这样挺直腰背的爱人，

已经逝去了，一些留下来的，

已把他们的丝绸换了麻袋。

要是我在那里，无人在听，

我要让一只孔雀啼叫声声，

对于一个在记忆里

过日子的人，这是自然的事；

单身一个，我宁可哺育一块石头，

对它唱上一支摇篮曲。

十一　选自《在考勒诺斯的俄狄浦斯》

接受上帝所给予的生活，别要求活得更长；

再不要去回想青春的欢乐，风尘仆仆的老人；

欢乐变成死亡的渴望，如果其他渴望都落了空。

甚至从那记忆所如此珍视的欢乐中，

出现了死亡、绝望、家庭的分裂、人类所有的

　　纠纷，

就像流浪的老乞丐和上帝痛恨的顽童所知道的

　　那样。

在回声久漾的街上，欢笑的舞蹈者挤成一团，

在火炬和激动的歌声中，新娘给抬进了新郎的

　　房间，

我庆祝着那结束了或短或长的生命的一吻，默默

　　无言。

从未活过是最好的事，古代的作家声称，

从未吸过生命的气息，未看到白天的眼睛，

其次的好事是说欢快的晚安，立刻就转过身。

死 亡

一只动物奄奄一息时
既没有希望也没有恐惧，
一个人等待着死亡
却有着一切惧怕和希望；
许多次他已死去了，
许多次他又重新站起。
一个充满骄傲的伟大的人
面对杀气腾腾的恶棍，
依然放声嘲笑
种种迷信的花招；
他从骨子里认识死亡——
是人创造了死亡。

鲜血和月亮

但愿这片土地有福，
但愿这座高塔更有福，
一种骄横的血淋淋力量
从竞争中出现了，
谈论着它，控制着它，
就像在风吹雨打的
茅舍前，出现了这些墙——
我嘲讽地将一个
有力的象征竖起，
一首诗又一首诗地唱着它，
嘲讽着一个在上面
已半死的时间。

油和血

在黄金镶嵌的天青石坟墓里，
神圣的男女的躯体透出一种
奇迹般的油，紫丁香的芳香。

但在践踏的泥土的重压下，
躺卧着吸饱血的吸血鬼身子，
他们的尸布血红，嘴唇湿润。

象 征

风雨剥蚀的古老瞭望塔上，
一个瞎眼的隐士把钟敲响，

那毁灭一切的利剑仍由
到处游走的傻瓜捧在手。

绣金的丝绸在剑上，
美和傻瓜一起卧躺。

泼了的牛奶

我们曾经做过和想过的，
曾经想过和做过的，
必然要漫开，渐渐地淡了，
像泼在石头上的牛奶。

十九世纪以及之后 [*]

虽然伟大的歌再也不会回返，

在我们现有的东西中仍有欢乐所藏；

砾石在海滩上嗒嗒地响，

响在那消逝的波浪下面。

---

* 这首诗主要指的是文学，但也可看到诗人对现代文明式微的批判。

三个运动 *

莎士比亚的鱼在海洋里游，远离陆地；

浪漫主义的鱼在快要到手的网里游；

这些躺在海滩上喘气的又是什么鱼？

---

* 这首诗更显然指的是文学，尤其是最后一行，常为人们所引用，作为现代文学窘境的写照。

统计表

"这些柏拉图主义者可真是灾难，"他讲，

"上帝的火焰正在消去，

一个图表反而在那里挂上，

出生的，女人更多于男人。"

柯尔庄园，一九二九年

我凝神看一只燕子飞，

飞过一个老妇人和她的房子，

夜色中消失了大枫树和菩提树荫，

两边的云彩却依然熠熠闪亮。

伟大的作品在自然的敌意中构成，

为我们身后的学者和诗人，思想

久久编织着，编成了一个思想，

一种舞蹈般的光荣建成了这些高墙。

那里，在海德①把缪斯佩带的

高贵的刀剑铸成文章之前，

那里，一个人兴风作浪，一副大丈夫气概，

尽管内心多么怯懦；那里慢性子的人，

沉思的人，约翰·沁孤，还有这些乱来的、

急性子的人，萧·泰勒和休·兰耐①；

海德发现骄傲建立在人性之中，

一个杰出的剧团，一套出色的布景。

他们像燕子一样来，像燕子一样去，

但一个女人有力的性格真能

使一只燕子追逐最初的目的；

还有五六个在那里把目的形成，

仿佛在罗盘仪上旋转，旋转不已，

又在梦幻着的空气上找到了肯定性，

这一道道线的智性上的甜蜜无比，

划过了时间或反方向地又划了一次。

这里，旅人、学者、诗人，请你们站稳，

当所有这些房间和通道都已消失，

当荨麻像波浪一样拍打坍了的丘陵，

还有树荫开始把根插在破碎的乱石里，

并在贡献——目光在土地上紧盯，

---

① 此处提到的两个人生卒年不详，似乎也是爱尔兰争取自治运动中的人物。

背就转向太阳的光彩熠熠，

影子所有的肉感上动人的地方——

给那戴着桂冠的头脑片刻的回想。

晚年阶段

柯尔庄园和巴力里，一九三一年

在我的窗台下，水湍急地流去，

水獭在下面，水鸟在上面翻飞，

在苍穹下，水亮晃晃地流了一里，

然后在暗淡的拉夫特里洞，渐渐黯黑，

流入了地下，在柯尔领土的乱石丛中

渐渐升起，在那里告一段落，

扩成一片湖，涓涓滴入一个洞。

水，除了是新生的灵魂，又是什么？

在那片湖畔，有一座树林，

冬日的阳光下，一根根枝条燥干，

我伫立着，仿佛披着山毛榉的斗篷，

自然已穿上了它悲剧性的高跟靴①，

所有的狂言是我情绪的一面镜子，

听到向上飞去的天鹅像雷声一般，

我转过身，凝视那些树枝，

---

① 在一些古代戏剧中，悲剧角色是穿高跟靴的。

仿佛折断了涨起时湖水的璀璨闪烁。

又一个象征！那雪白的东西
仿佛是苍穹的一种凝神，
就像灵魂，驰入了视线里，
在黎明消失了，无人知道原因；
它把知识或知识的缺少
所搞错了的东西纠正，如此可爱，
如此高傲的纯洁，一个孩子真会感到
用一滴黑水就可将它杀害。

地板上一根棍子的声音，一种来自
一个在一张张椅子上苦干的人的声响，
到处是那些赫赫有名的手装订的书籍，
古老的油画，悠久的大理石头像，
辉煌的房间，孩子与饱经风霜的成人
找到了满足或欢乐，一个最后的继承者
那里缺少名字或名誉，或从愚蠢
又进入愚蠢的人，从未能统领过什么。

一个地点，那里创建人活过又死了，

再一次显得比生命可亲，古老的树荫

或者是花园，充满了辉煌的记忆，

种种婚姻，结盟或者是家庭，

每一个新娘的雄心都得到了实现，

那里消失了时间或仅仅是狂想，

我们苦思冥想——所有耗去了的辉煌灿烂，

就像某个贫穷的阿拉伯部落人和帐篷。

我们是最后的浪漫主义者——把传统的

神圣和爱情选作我们的主题，

无论用什么诗人名字写下的内容，

都是民族的书，还有那使得韵律

优美高雅或给人心灵祝福的一切，

但一切都变了，再无骑士在那高大的马上，

尽管马依然披着荷马骑过的马鞍子，

那里，天鹅漂游在暗淡的水上。

致安妮·格雷戈里

"从来不会有一个青年，
因那散披在你耳旁的
防御墙似的蜂蜜色头发，
深深地陷入绝望，
爱你，只是为了你自己，
而不是为了你的头发金黄。"

"但我能把头发染一染，
把这许多颜色都染上，
棕色，或黑色，或红色，
那绝望的年轻人也许会想，
爱我，只为了我而爱我，
而不是为了我的头发金黄。"

"我听到一个虔诚的老人
昨天夜里在庄严地宣讲，
他找到了一段经文证明，

我亲爱的，上帝才有力量，

爱你，只是为了你自己，

而不是为了你的头发金黄。"

斯威夫特①的墓志铭

斯威夫特已驰入他的安息之处；

那里，野蛮而残忍的愤怒

再也不能划破他的胸脯。

如果你有胆量，步他的后尘，

迷恋世界的旅行者，他

为人类的自由献身。

---

① 乔纳森·斯威夫特（1667—1745），爱尔兰著名讽刺作家。

选 择

人的智力呵，不得不去做选择，
生活的完美，或是工作的完美，
如果选择了后者，就必须割舍
天堂似的大厦，在黑暗中暴跳如雷。
当那个故事结束，什么是新闻？
交运或背运，劳作留下了印记：
老年的困惑，一只钱包的空空，
或白天的虚荣，夜晚的悔意。

上帝之母

爱的三倍恐惧，在耳朵的
空洞中坠落的一道火焰，
房间中到处拍动的翅膀；
所有恐惧中的恐惧是我
在我的子宫里怀着天国。

难道我还没满足——在每个
普通的女人都知道的杂耍中，
在烟囱的角落，花园的小径，
或在我们搓衣服的石水池，
并汇拢所有的窃窃私语？

我用我痛苦换来的这块肉是什么？
我的乳汁哺养的这坠落的星，
这使我心中的血液停止的爱情，
或突然在我的骨髓中逼进的寒意，
使我的头发根根倒着竖起？

踌 躇

一

在极端和极端之中

人走完了一生历程；

火炮，或火热的呼吸

都来摧毁、来消火

白天和黑夜

的自相矛盾；

身躯称之为死亡，

心儿称之为悔恨。

但如果这些话是对的，

什么又是欢欣？

二

一棵树伫立着，在顶端的树梢间，

半是熠熠的火焰，半是葱葱的绿荫，

茂盛的枝叶上闪烁着露珠点点；

一半只是一半，但又是景色一片；

一半和一半耗去重生的一切，

他——阿提斯①的意象悬在瞪视的愤怒

和绿得耀眼的团团绿叶中，

也许不知道他知道什么，但不知道悲痛。

三

获得你能获得的黄金和白银，

满足一下野心，使琐碎的日子

充满生气，再用阳光冲撞它们，

但是想一想这些格言：

所有的女人都宠一个闲人，

尽管她们的孩子需要产业丰殷，

真正的过来人都得不到够多的

孩子的感激和女人的爱情。

再不要陷在忘河旁的枝叶里，

开始为你的死亡做好准备，

凭着那个思想，从第四十个冬天起，

---

① 希腊神话中为女巫西比尔所爱的一个青年，因为受不了她的忌妒，就摧残自己，后被变成一棵松树。

测试每一件智慧或信仰的作品，
你自己的手做成的每一样东西。
把那些作品称作言语的夸张，
对那骄傲的、睁着眼笑嘻嘻
走向坟墓的人，这些作品可不适宜。

四

我第五十个年头来了又去远，
我一人端坐着，形影孤单，
在伦敦一家拥挤的店里，
那张大理石桌子上放着
一本打开的书和一只空杯子。

当我凝视着店铺和街道，
我的身躯突然开始熊熊燃烧，
持续了大约二十分钟吧，
我的幸福是如此巨大，
我受到祝福，也能把祝福施加。

五

虽然夏日的阳光

为天穹的云叶涂上了金，

或冬日的月光

映照着风雨蹂躏的田野景象，

我无法再瞧一瞧，

责任已压弯了我的腰。

多少年前说的或做的事，

或我没做也没说的事，

但想到本来可说或做的事，

使我沉重不堪，每一天

都会回想起某一件事，

让我的良心或虚荣充满恐惧。

六

一片水田在下面展开，

新割的稻草，阵阵芳香

在他的鼻孔中，周天子高嚷，

高嚷着，跺掉身上的山雪：

"让一切都过去吧。"

乳白色的驴子拉动的轮子，

经过巴比伦或尼尼微①

升起的地方，一个征服者

收住缰绳，对饱经战火的士兵讲：

"让一切都过去吧。"

从人们鲜血浸透的心里

出现了黑夜与白天的这些枝干，

绚丽的中午就挂在这上面，

这歌儿全部的意思是什么？

"让一切都过去吧。"

七

灵魂：寻找西安市，别去管那些仿佛如此的事。

心：什么，一个歌唱家处身缺缺一个旋律？

---

① 古代亚述的首都。

灵魂：以赛亚①的煤，人们还能期望什么东西？

心：在火焰的纯洁中惊得张口结舌！

灵魂：看着那火焰，拯救在其中迈开步子。

心：除了原罪外，荷马还能有什么主题？

八

我们是多么相像，相信圣人的奇迹，

尊重神圣的义务，冯·林格尔②，我们真得别离？

圣特莱莎的躯体躺在坟里尚未腐败，

浸在神奇的油里，甜蜜的芳香从中传来，

因为刻了字的石碑治愈。这同样的手

也许使一个曾掘出法老的木乃伊尸首的

现代圣人永垂不朽。哦——虽然心找到慰藉，

我变为一个基督徒，并把那在坟墓里

---

① 《圣经》中的预言家。
② 似为一德国男子的名字，此处所指不详。

最受欢迎的选为我的信仰——扮演了预定的角色。

荷马是我的榜样，还有他不曾基督教化的心，

狮子和蜂窝，《圣经》上又是怎样讲？

于是你走了，冯·林格尔，愿祝福在你头上。

拜占庭

白天种种未曾净化的形象消失了，
皇帝醉醺醺的士兵躺倒身子，
夜游者的歌，夜的回响渐渐退降，
随着大教堂的锣声铿锵。
星光或月光照耀的拱顶鄙视
人所是的一切，
一切仅仅是各种各样的复杂性，
人的血液中的污泥和愤恨。

我眼前飘来一个人或影子的模样，
比人更多的影子，比影子更多的形象，
因为裹在木乃伊尸体里的冥府线筒
也许会展开那条曲折的路径，
一张没有湿润或呼吸的嘴，
也许会唤来喘气的嘴，
我为这超自然的现象感到欢欣，
我称它生中之死，死中之生。

奇迹，鸟或金子的工艺品，

更超过了鸟或工艺品的奇迹，

栖息在星光下的金色枝头上，

像地狱里的公鸡一样能够啼响；

或者，苦于月光在不变的

金属辉煌中，高声嘲讽

普通的鸟或花瓣芳馨，

以及一切泥土或鲜血的复杂性。

午夜，在皇帝的地板上晾着，

那种不需柴火的火焰，既无刀剑闪烁，

也无风暴扰乱，火焰中生出了火焰熊熊，

那里，血中诞生的精神来临，

狂想的一切复杂性离去了，

死在一种舞里。

一种痛苦的出神缓缓，

一种不能烧焦一只袖子的痛苦的火焰。

骑在海豚的污泥和血液上，

精神追逐着精神，铁匠分开波浪，

皇帝的一个个金匠，

跳舞地板的大理石闪亮，

粉碎了复杂性的痛苦愤怒，

这些意象又一度

产生出新的意象，

撕碎的海豚，锣声不断的海洋。

老年的争吵

她的甜蜜去了哪里?
什么样的狂热者
为这盲目、痛苦的城市,
带来了不值得一想的
狂热或事件,
让她勃然大怒。
我原谅了老年,
我原谅得够多了。

所有已生活过来的生命。
这一点没有疑问:
古老的圣人没有受骗,
在扭曲了的日子的
窗子后的一边,
生活着那孤独的东西,
在这些瞄准了的眼睛前
闪烁,像春天一样漫步前去。

思想的结果

一个个相识，一个个伙伴，

一个亲爱的、了不起的女人；

那些天赋超群，主所选择的人，

全都毁于他们的青春；

所有的人，所有的人，都给

那毫无人性的

痛苦的荣誉摧残了。

但我活下来了，尽管

废墟、残骸还有沉船，

长年累月，我埋头苦干，最后

终于获得如此深刻的思想，

我能再度鼓起

他们全部有益的力量。

这些意象是什么——

让目光暗淡的人转向一边，

或卸掉时代肮脏的负担，

伸直年迈的双膝，

犹豫或者留恋，

哪些头摇，哪些头点？

也许配音乐的词

（疯简组诗）*

一 疯简和主教

把我带到那残损的橡树旁，

这样，当午夜的钟声敲响，

（所有人都在坟墓里找到安全。）

---

* 叶芝在给莎士比亚夫人的一封信里谈到了"疯简"这个人物的由来。"她或多或少是根据一个住在考特附近村庄里的老妇人塑造成的……她爱她的花园——尽管季节不对，还是给格雷戈里夫人送来了花——她讲起话来无所顾忌，令人惊讶不已。举一个她了不起的表现来说吧，她描绘着考特女店主对小小一杯啤酒的价钱怎样计较不休，说着说着她真对人类绝望了，喝得酩酊大醉。她的醉仿佛有着史诗的庄严。她是当地的讽刺家，而且是一个十分可怕的讽刺家。"叶芝围绕着"疯简"这个形象写了一组著名的诗。作为一个总的思想，叶芝试图阐明智慧也许是在傻子和乞丐身上（如"疯简"），而不是在正统人物身上（如"主教"）。

这组诗有着内在的情节，《疯简和主教》以及其他几首诗似乎暗示了这样一个故事：疯简年轻时曾被杰克和那个当时尚未成为主教的青年爱过，但杰克赢得了她的身体，也赢得了她的爱情。主教把杰克放逐了，但疯简依然是忠于杰克的，主教来时，她就吐口水。《疯简受责》是从主教的角度说的，也可以看作是精神对肉体的斥责。《末日审判时的疯简》则做出了疯简的反驳，爱必须是精神和肉体的。《疯简和老手杰克》写了真正的爱人共享的时刻，诗的最后一节大意是说：即使他远离了疯简，他第一次看她时的目光已把两人的命运连在一起了。她死后，宁肯不去天国，而让灵魂在地上徘徊，与爱人相逢。《疯简谈论上帝》把上帝看作所有原型的总和，包含着种种形式和事件，上帝是无时间性的，因此没有什么东西是真正丧失了的。第二节即从这个意义写在地上早已结束的战争实际上永不结束，第三节写了超自然的现象，最后一节点明杰克虽然死了，但依然是真正的爱人。《疯简和主教的谈话》中，主教依然在宣扬灵魂高于身体，但疯简反驳说，灵魂和肉体不能分离，"因为没有不曾被割裂的／东西能是唯一或是合一。"《老疯简观看舞蹈者》是从叶芝的一个梦写起的，在叶芝看来舞蹈者死或是不死无甚关系，他们象征的激情的现实是永恒的："爱情就像狮子的牙齿一样。"

读者可把这些诗联起来看，但每首诗单独看也是有自己的意义的。

叶芝是喜欢搞平衡的，在写了七首关于疯简的诗后，从第八首诗开始一对天真的理想主义的爱人，一个姑娘和她的恋人在一个一切都在变化和消逝中的世界里梦想着不灭和不变的爱情。《一个姑娘的歌》写姑娘没有看到恋人，仅看到一个倚着手杖的老人，

我会对他①的头颅咒个不停，

因为我的杰克，死了的亲人，

纨绔浪子是他谈得最少的事情：

结实的人，爱打扮的人。

当他的禁令把老手杰克赶掉，

他还不是一个主教，

（所有人都在坟墓里找到安全。）

甚至都不是一个教区牧师，

可是他，拳头捏着一本旧书，

（接上页）

哭了，因为她想到她的恋人有一天也会变老。《青年男子的歌》也想到这个问题，想到某一天她会变成一个"枯槁的老太婆"，但接着又意识到，现象不是本质，在爱人的眼中才是本质，她永远会显得同样美丽。《她的焦虑》和《他的信心》都宣称真正的爱情是不会死的。《爱情的孤独》写了爱情的荒凉一面，尽管有那么多的恐惧，梦却给了他们安慰。《她的梦》把她与传说中的人物联系起来，获得一种永恒的意义。

七首疯筒的诗和七首姑娘的诗是互相对照的，一方面是绝对的经验，一方面是绝对的天真。后面的两首（《三件事》《催眠曲》）是想表现"正常"的爱情。《三件事》写女人能得到的三种欢乐：在孩子吃奶时的满足，献上身体时的满足，与情人一夜春风又去欺骗丈夫时的满足。

这组诗的最后一首《我是爱尔兰》是根据十四世纪的一首民谣改写的。爱尔兰过去的声音（女性的声音）在向现代的"孤零零的一个人"喊，要他来跳舞，但现代的爱尔兰与神圣的爱尔兰已有一长段距离了；夜晚变得粗鲁，现代的乐器也奏不出真正跳舞的音乐，不过跳舞还是可能的，只要大家都认识到时间是飞一样过去。这里跳舞当然是象征的。

① "他"指的是主教。

痛斥我们像禽兽一样过日子。

结实的人，爱打扮的人。

主教身上的皮肤呵，上帝知道，

皱得多像一只鹅的脚，

（所有人都在坟墓中找到安全。）

神圣的黑法衣藏不住

他那苍鹭似的驼背，

但我的杰克站得像一棵桦树。

结实的人，爱打扮的人。

杰克得到了我的处女身，

杰克吩咐我到那橡树去，

（所有人都在坟墓中找到安全。）

因为他夜里要到处漫游，①

而橡树下可以遮一遮身。

可要是另一个人来，我就吐口水。

结实的人，爱打扮的人。

---

① 在爱尔兰民间传说中，进不了天堂的人死后就在大地上漫游。

二 疯简受责

我不在乎水手们说的一切：

所有阴森可怕的雷电，

那使整整一天昏暗的风雨，

只能显示天国在打哈欠，

伟大的欧洲在扮演小丑，

用一个情人去换一头公牛。

弗尔德罗尔，弗尔德罗尔。①

去车圆贝壳的精致的螺纹，

用美艳无比的珍珠贝母

装饰每一道使天国的

接缝开裂的秘密隐痕；

因此，别在一个乱来、

乱讲的老手身上挂你的心。

弗尔德罗尔，弗尔德罗尔。②

---

① 一切暴力的行为，只显示天国在打呵欠；接受一个"公牛"一样的爱人，"欧洲"（人）就扮演了小丑。
② 第二节前面几行象征精神上的追求，因此别为了肉体的爱，把心"别在一个乱来、乱讲的老手身上挂你的心"，这番责备似乎严厉，但两节最后的叠语又像顺口溜般无聊而无力。

三　末日审判时的疯简

"要是爱情不能使

身体和灵魂完整，

爱情就只能是

没有得到完全满足。"

那是简所说的话。

"如果你接受我，

你就得忍受坏脾气。

我会嘲笑、斥责、怒视，

一连好几个小时。"

"那确实如此，"他说。

"我躺着，赤身裸体，

青草就是我的床，

赤身裸体，又隐藏起，

在那黑暗的一天里。"

那是简所说的话。

"怎样可以显示

什么是真正的爱情？
要是时间能够消失
一切都会知晓或显示。"
"那确实如此，"他说。

四　疯简和老手杰克

我知道，虽然当目光相逢，
我全身骨头都在抖动，
可我越是把大门敞开，
越是快地消失了爱情；
因为爱情是一束未展开的线，
在黑夜和黎明之间。

那个走向上帝的鬼魂
可真是孤孤零零，
我——爱情的线在地上，
我的身躯在坟墓中——
将跃入消失的光，
跃入我母亲的子宫。

但要是我能独自躺着，

躺在一张空空的床上，

那束线绑着我们，魂贴魂

当他把他的头转个方向，

那夜晚他在路上走过，

我死了的身子也一起徜徉。

五　疯简谈论上帝

那一个夜里的爱人，

他想到时就悄然来临，

晨曦中又消失了踪影，

不管我愿还是不愿，

男人们来，男人们走，

一切都在上帝的手中。

辉煌的旌旗漫天蔽空，

戎装的士兵脚步沉重，

披甲的战马嘶鸣声声，

那里，伟大的战斗

曾在狭隘的关上展开，

一切都在上帝的手中。

在他们前面的一幢房子，

从童年起就这样屹立，

无人居住，破烂得可怜，

突然间烈火熊熊，

从房门烧到了屋顶：

一切都在上帝的手中。

我把狂野的杰克当作爱人，

虽然像一条人们

来来去去经过的路，

我的身体从不发出呻吟，

只是继续歌吟：

一切都在上帝的手中。

六　疯简和主教的谈话

我在路上遇到了主教，

我们两人谈得都不少。

"这胸脯现在无力而平扁，

血脉必然很快也会枯干；
住就住在大厦里，金碧辉煌，
别在肮脏的猪圈里度时光。"

"美好和肮脏可是血缘近，
美好需要肮脏，"我喊出声，
"我的朋友们走了，但有一条
真理，没有坟或床能否认，
熟知躯体的低卑东西，
也熟知心中的骄傲之意。"

"一个女人又骄傲又硬，
当她专心致志于爱情，
但爱情能把他的大厦扔向——
扔向人们化粪的地方；
因为没有不曾被割裂的
东西能是唯一或是合一。"

七　老疯简观看舞蹈者

那里，我瞅见象牙似的意象

与她选定的青年跳着舞蹈，
当他撩起她的头发乌亮，
仿佛要将她一把扼死，我不敢
尖声叫，也不敢把身子晃一晃，
睫毛下的眼睛闪闪发光；
爱情就像狮子的牙齿一样。

虽然有些人说她在游戏，
我说她跳出了心中的真情，
她拔出刀子把他刺死，
我可只能说他是命该如此；
因为无论人们说什么，
谁有恨，就有了一切；
爱情就像狮子的牙齿一样。

是他死了，还是她死了？
好像死了，还是两人都死了？
上帝和那些时刻同在吧，我
一点不在乎那偶然发生的事，
这样我就有身子来试一试

像他们跳的那一种舞姿——
爱情就像狮子的牙齿一样。

八　一个姑娘的歌

我独自走出门

唱上一两支歌，

我爱一个男人，

你知道哪一个。

走来的，是另一个，

他用一根手杖

把自己身子挺直；

我坐下哭了一场。

这样我就把歌唱尽，

当所有内容都已讲到，

我看到一个老年人年轻，

或是一个青年人年老？

九　青年男子的歌

"她会变，"我嚷出声，

"变成枯槁的老太婆。"

我那依然还如此

静静地在胸中的心，

于是就愤怒万分地

敲打肋骨，回答说：

"抬起你的眼睛，昂然

把一切都看个仔细：

当所有的织物都已暗淡，

她还会显得同样美丽；

这个世界创造出来前，

我没见过枯槁的老婆子。"

这番话让人感到惭愧，

因为心决不会撒谎，

我跪下，向我那受到

冒犯的心双膝下跪，

跪在土中，直到

最后心把我原谅。

十　她的焦虑

大地披上美丽的服饰，

等待着回来的春天。

真正的爱情都会消逝，

最好的情况下，也在变，

变成了微不足道的东西。

证明吧，证明我是在撒谎。

爱人们有这样的身子骨，

有着这样费劲的呼吸；

他们触摸或叹息长长。

他们做每一次触摸，

爱情就更近死亡一些。

证明吧，证明我是在撒谎。

十一　他的信心

为了买得不朽的爱，

我描绘着这对

把一切错事

都做下的眼角。

为了不朽的爱呵，

什么价格才算够?

我受到如此沉重打击，

心都碎裂成了两片，

又怎样? 我明白

从岩石中，

从凄凉的源泉中，

爱情跃上了行程。

十二　爱情的孤独

老父亲们，曾祖父们，

像亲人应该的那样站起。

如果爱人的孤独，一旦

来到你伫立之地，

向那保佑你鲜血的

神祈祷，保佑我们。

山麓投下一道阴影，

月亮的尖角瘦得可怜；

在乱蓬蓬的荆棘下

我们又记起了什么？

恐惧随着渴念来临，

我们的心都已经撕裂。

十三 她的梦①

我躺在床上，做着我的梦——

黑夜无底的智慧来到我身旁，

我梦到我已剪去了头发，

把它放在爱情刻了字的坟上；

但天空中一阵巨大的混乱，

某样东西把它卷得无影无踪，

于是布莱尼斯燃烧的头发

高高钉上了黑夜的苍穹。

---

① 情人们充满了恐惧，但梦能够安慰他们。在爱尔兰古老的传说中，布莱尼斯为了她丈夫的平安归来，牺牲了自己的头发，结果得到永生。"她"梦见的就是这一景象。

十四　他的交易[①]

谁在把柏拉图的纺锤说，

什么使它飞转起来？

永恒说不定会缩，

时间在渐渐松开，

杰利·劳特和旦恩

到处交换着他们的爱情。

无论他们会怎样想，

从那根纺线还未开始前，

一直到最后的线都纺光，

我就与那束头发，以及

其中一切的展开做了交易，

也决不会使这交易破裂。

---

① 在柏拉图的笔下，时间的循环就像纺锤的飞转，织入永恒。叶芝对这个形象做了发挥："永恒"像一只圆球，随着"线"（时间）的展开会缩小，于是杰利·劳特和旦恩（都是普通人的名字，如张三李四）交换着爱情来求生活有变化。但诗里的"我"——真正的爱人悟到了永恒的秘密，只要对那一束头发忠诚就行了，时间和变化都是无足轻重的。

十五 三件事

"噢残酷的死神，交还三件事，"

海滩上，一根骨头在唱，

"孩子找到他缺少的一切，

无论是欢乐还是休息，

在我丰满的胸脯上。"

一块浪漂白、风吹干的骨头。

"女人知道的三件珍贵的事，"

海滩上，一根骨头在唱，

"当我的身体充满了活力，

一个我能这样抱着的男人呵，

找到生活能给予的所有欢乐。"

一块浪漂白、风吹干的骨头。

"我还在想的第三件事，"

海滩上，一根骨头在唱，

"是那天早晨我面对面

遇见我那合法的男人，

在伸懒腰、打呵欠之后做的事。"

一块浪漂白、风吹干的骨头。

十六　催眠曲

亲爱的，愿你睡得香甜，

在你用饭的地方睡得香甜。

当雄伟的巴里斯①，在第一个黎明，

在金色的床上，在海伦的怀中，

睡得那么甜，睡得那么杳，

整个世界一片慌乱又怎么样？

睡吧，亲爱的，这样睡上一场，

就像狂野的特利斯坦②知道的那样，

那时，这一剂药的作用已经告终，

牡鹿又能够跳，牝鹿又能够奔；

围绕着橡树和山毛榉树的枝梢，

牝鹿又能够奔，牡鹿又能够跳。

---

① 将海伦拐走的特洛伊王子。
② 是中世纪传说中的一个人物，他奉命送伊莎尔德去与马克皇帝
结婚，但途中喝了迷药，与她发生了爱情关系。这场爱情给他们带
来了悲剧。

这样的睡眠和声音，就像

在尤拉特斯那绿莹莹的河岸上，

那只神圣的鸟①，在此际

实现了他命定的意志，

从丽达的肢体上无力地滑下，

而不是因为她爱抚的关怀。

十七　长时间沉默后②

长时间沉默后讲话了，应该这样，

其他的情侣们都死去或疏远了，

灯罩下藏着不友好的光线，

窗帘映着不友好的夜色，

我们正好能细细地议了又议，

把艺术和诗歌这至高的题目议论：

身体的衰老是智慧；年轻时，

我们曾经相爱却其实无知。

---

① 即宙斯化形的天鹅，参看《丽达与天鹅》及注。
② 这首诗是叶芝自选诗中必选的一首。诗是写给莎士比亚夫人的。描绘了人们具有讽刺意味的痛苦：年老而无力的智慧总是在年轻而无知的激情之后来临。

十八　就像雾和雪一样疯狂

关上、闩起一扇扇百叶窗，

狂风①在怒号、在咆哮：

我们的思想今夜最敏捷，

而我，仿佛知道，

我们外面的每一样东西

就像雾和雪一样疯狂。

贺拉斯站在荷马的身旁，

柏拉图站在下边，

这里是塔利打开的书页。

许多，许多年之前，

你和我可是不识字的孩子，

就像雾和雪一样疯狂。②

老朋友，你问我为什么叹息长长，

为什么我如此哆哆嗦嗦？

———————————————

① 这里"狂风"象征着激情。
② 此节提到一些古典作家、哲学家的名字，然而激情对他们来说也是至关重要的经验。叶芝的书房里堆满了这些书，只能从书中获得激情。

我哕嗦、叹息——想到

甚至连西塞罗，

多才多艺的荷马也是如此，

就像雾和雪一样疯狂。

十九　那些舞蹈的日子已经消逝

来吧，让我在你的耳朵里歌唱，

那些舞蹈的日子已经消逝，

所有的丝绸和缎子多么漂亮：

在一块石头上蹲下身子，

用一块同样肮脏的破布，

把那个邪恶的躯体裹住；

我在金杯里装着太阳，

我在银包里放着月亮。

随你诅咒，我要把歌唱完，

如果那个最能讨你欢心的流氓，

还有那些你生出的孩子，

在某一块大理石上

睡得像一只陀螺，

那又有什么关系？
我在金杯里装着太阳，
我在银包里放着月亮。

我这一天刚刚想通，
正午的钟点正好敲响；
一个倚在手杖上的人
或许会把伪装丢光，
会唱，唱到他再也唱不动，
对着姑娘或老婆子唱。
我在金杯里装着太阳，
我在银包里放着月亮。

二十 我是爱尔兰

"我是爱尔兰，
神圣的土地，神圣的爱尔兰，
时间飞一样过去，"她嚷，
"从仁爱中走出来，
来和我一起跳舞，在爱尔兰。"

一个人，仅仅一个人，

身穿那套异样的服装，

孤零零的一个人

在所有漫步的人中间，

他转过他庄严的脸庞。

"那可有着远远的一段路，

时间飞一样过去，"他讲，

"而且夜晚正变得粗鲁。"

"我是爱尔兰，

神圣的土地，神圣的爱尔兰，

时间飞一样过去，"她嚷，

"从仁爱中走出来，

来和我跳舞，跳舞在爱尔兰。"

"提琴手无比笨拙，

要不就是琴弦遭了诅咒，

那一面面鼓和定音鼓，

还有那些喇叭全都破——

还有长喇叭，"他嚷，

"喇叭还有长喇叭，"
他抬起了恶意的目光，
"但时间飞一样。"

"我是爱尔兰，
神圣的土地，神圣的爱尔兰，
时间飞一样过去，"她嚷，
"从仁爱中走出来，
来和我跳舞，跳舞在爱尔兰。"

一个年轻又年老的女人 *

一　父亲和孩子

她听到我敲着木板讲，

不许她与任何好男人

和好女人沆瀣一气，

因为人们把她与一个

臭名昭著的男人提到一起，

于是她做出回答，

他的头发无比漂亮，

眼睛像三月的风一般冷。

二　创世之前①

要是我把眼睫毛涂黑，

我的眼睛更加有神，

我的樱唇更为鲜红，

---

* 这组诗是顺着女主角从小到大的年岁写的。在《父亲和孩子》中，她还是第一次感到男性的美，这组诗一共十一首。

① 这首诗里女孩子依然十分年轻，她在镜子前试着她的化妆品，试图为她理想中的自我造出一副面具。她把爱情看成一种欺骗——一种艺术——把她的爱人骗来爱她想象中的自我。

或问一下是否一切都行，

从一面镜子到一面镜子；

丝毫不显一点虚荣，

我寻找着在这个世界

创造出来前我有过的面容。

如果我把一个人看成

仿佛是我的爱人一般，

而我的血液却是冷冷，

心儿毫无所动，那又怎样？

为什么他要觉得我残酷

或认为他遭到了背弃？

我要让他爱这个世界

创造出来前就是的那东西。

三　第一次坦白[①]

我承认，在头发里

缠着的野蔷薇花儿

---

① 女孩子第一次体验到了肉体的爱情，但她更醉心于男人的殷勤。"黄道带"此处是大地的意思，她担心空虚的黑夜会给她自己也带来空虚。

并未给我带来伤痛，

我的颤抖和恶心

只是掩饰感情，

只是卖弄风骚。

我渴望真理，只是

我不得不去做

更好的自我否认的事，

因为，一个男人的殷勤，

给我骨头中的渴望

带来了如此的欢畅。

我从黄道带中

拉回来的光明，

为什么这些闪烁着

疑问的眼睛要盯住我?

如果空虚的黑夜做出答复，

他们除了躲我，还能做什么?

四　她的胜利[1]

在你来临之前，我服从了龙的意志，

因为我把爱情想象为随随便便的

逢场作戏，或者我让手绢落地，

就一定会随之而来的一场游戏。

这些是给了时间翅膀的最佳行为，

要是还给了时间智慧，就是天国的音乐，

接着你站进围成一圈的恶龙中，

我疯狂地嘲笑着，但你征服了，

砸碎了锁链，解放了我的脚踝，

圣乔治或是一个异教的帕修斯——

而现在我们惊讶地瞪视着海洋，

一只奇迹般奇特的鸟儿向我们啼。

五　安慰[2]

噢但愿圣人们所说的

---

[1] 这是一次真正的爱情。"龙"是邪恶的象征，她在遇到他之前，只是逢场作戏，圣乔治是基督教传说中杀死恶龙的圣人，帕修斯是希腊神话中宙斯和达那厄的儿子，他砍下了恶魔美杜莎的头。这里是说他把她从邪恶中解放出来了，最后两行写获得真正爱情的心境。
[2] 这首诗探讨了爱情是怎样带来"智慧"的。女主人公意识到夏娃和她自己的"原罪"，因此是不可避免地要死亡的，然而人的这种局限性又只有在爱情中才能够忘却，这就是一种安慰。

那些话中有智慧；

可是把身躯舒展一下，

再放下头来睡，

然后我告诉圣人们，

哪里人们得到安慰。

我从来没想到过

激情能如此如此深，

出生的那原罪竟然

毁了我们的命运？

但罪行是在哪里犯下的，

哪里人们就忘却了罪行。

六　选择①

爱情的命运是要选择的，这我懂，

努力在那飞旋的黄道带

---

① 这首诗比较复杂，大意是这样的：爱情最大的欢乐恰恰是在破晓——"寂静"的时刻，情人们的个性交融在一起了，"他的心仿佛就是我的心"。"黄道带已变成了一个球体"可以这样解释：爱人像黄道带上的行星一般运行，同时又像太阳围绕着他热爱的大地。（他用火焰接触到她的身体，在西方沉下，在她"胸脯上的母性午夜里"休息，破晓时他又得升起离去，然后这种分离前的时刻——"寂静"的时刻，又使人们的存在改变了，两颗心一起漂去了。）

轨迹上获得一个意象，

他刚刚碰到我的身体，

他刚刚从西方沉下，

或刚刚在我胸脯上的母性

午夜里，找到暗中的休息，

我就得在北方的道路上把他注意，

虽然我躺在床上，却又仿佛伫立。

我与破晓的恐惧挣扎不已，

我把这选作我的命运！如果

一位新娘问起我与一个男子

最炽烈的欢乐，我就把

那种寂静作为一个主题，

这里，他的心仿佛就是我的心，

两颗心在神奇的溪流上一起漂去，

那里——一个学识渊博的天文家写道，

黄道带已变成了一个球体。

七　分别

他：亲爱的，我必须离去，

此刻黑夜合上了窥视

一户户人家的眼睛；

歌曲宣布了黎明的来临。

她：不，黑夜和爱情的鸟儿

吩咐所有真正的爱人休息，

他响亮的歌声责备着

白昼残忍的悄悄踪迹。

他：日光已从峰顶

飞到了另一个峰顶。

她：那光来自月亮。

他：那鸟……

她：　　　　让他唱下去吧，

我向爱情的游戏

献上我黑色的倾斜面。①

---

① 《分别》显然是《选择》中破晓之后的场景，尽管她的"黑色的倾斜面"有吸引力，他还是得随日光远去。

八 她在林中的幻象①

覆盖着树木的是叶子茂密葱茏，

酒一样暗黑的午夜，神圣的林中，

我太老了，再也得不到男人的爱情，

只是怒冲冲地想象，想象着我能

用较少的痛苦来满足更大的痛苦，

或能发现干瘪的静脉里血液流畅，

我撕着自己的身体，这样体内的酒

能盖去让人想起爱人的嘴唇的一切。

这以后我举起我的手指，盯着看

酒一样暗黑的指甲，或那从顶端

流到每一根干枯的手指的黑，

但是黑变成了红，火炬闪光，

巨响的音乐摇撼枝叶，一队人

---

① 从这首诗开始，"她"作为一个老年人的形象出现了，诗写的是一种幻象，但诗人运用了虚虚实实的象征主义手法，也可以有种种不同的理解。"她"仿佛来到一座树林，那里人们正在举行阿东尼斯的祭仪（阿东尼斯是希腊神话的繁殖之神，每年要死上一次，然后复活，一般的仪式都是由妇女们把阿东尼斯的模拟像撕碎，跳舞狂欢，庆祝死而复生）。"她"也加入了举行祭仪的"一队人"，但"她"发现那模拟的阿东尼斯仿佛就是"她"的情人，而且阿东尼斯正是被"她"的爱情杀死的，相互爱，又相互给予伤害。"她"认识到这一点，"身子倒下"去了。"我的心的牺牲者，又折磨着我的心"点明了爱情的双重性。尽管如此，她还是歌颂着爱情。

在担架上抬着一个受了伤的男人，
或是拨动琴弦，随着放开歌喉，
歌唱那只给人致命伤的野兽。

所有那些庄严的女人，满脸悲恸，
披头散发，随着一支歌儿舞动，
仿佛是十五世纪大师笔下的人群熙攘，
曼特尼头脑中的一个不假思索的形象——
为什么他们认为他们就永远年轻？
我盯着他的胸脯，胸脯鲜血染红，
我和其他人一起唱着我的诅咒，
突然，悲伤的蔓延猛把我揪紧。

那满是血和泥的东西，野兽撕剩的残骸
半转过身，用燃烧的目光向我望来，
虽然爱情的甜苦都已一起回返，
这些身躯——在图画中或钱币上面，
没看到我的身子倒下，也没听到尖叫，
更不知道，唱得醉了，就像唱得醉倒；
他们带来的不是神奇的象征，

而只是我的心的牺牲者，又折磨着我的心。

九 一篇最后的坦白

哪个与我睡过觉的

活泼青年给了我最大的欢乐?

我回答说，我献出了灵魂，

陷进了痛苦的爱河;

但一个我用肉体爱的青年

带给了我最大的欢乐。

从他的怀抱中挣脱，想到

他这样的激情，我笑出了声;

他以为我献上了灵魂，

但其实只是身体相交，

我躺在他胸脯上笑着想:

野兽这样给野兽的也不少。

我给的只是其他那些

脱了衣服的女人所给的，

但当这颗灵魂，躯体离去，

赤裸裸走向赤裸裸时，
他曾发现，还将在其中发现
别的人所不知道的东西。

给了，也得到他自己的，
用他自己的权力来统治，
虽然这是在痛苦中爱，
紧呵，依附得这样紧，
没有一只白天的鸟敢
毁灭这无上的欢欣。

十　相遇

在戴面具者的披风和头巾中，
让老年藏起了一段时间，
各自痛恨对方热爱的东西，
我们伫立着，面对面，
"我遇到了这样的人，"他说，
"对我不是好的兆头。"

"让别人尽情去吹，"我说，
"但他们决不敢瞎吹一通；

譬如我曾经有过这样的

一个人来做我的情人；

也不敢说在所有的人中间

我最痛恨这样一个人。"

"这种爱情的愚蠢吹嘘，"

他气冲冲地说道，

"但像他这样，像我这样——

只要我们都能抛掉

这种可怜的衣服——

把一个更甜美的词^①找到。"

十一　选自《安提戈涅》^②

征服了——噢痛苦的甜蜜，

---

① 诗描写了他们最后一次相遇的情景，精神被老年的"戴面具者的披风"藏了起来，他们现在戴的是完全不同的面具，甚至他们的爱也变成了恨，然而在肉体这件"可怜的衣服"下面，也许是一个超现实的"更甜美的词"。

② 安提戈涅是古希腊俄狄浦斯王的女儿，俄狄浦斯死后，她的两个兄长为夺王位战死，克列恩王下令把战死者暴尸郊外，但安提戈涅不顾禁令，埋葬了兄长的尸体，然后自尽。安提戈涅的故事曾被写进许多作品里，最有名的是索福克勒斯的剧本。叶芝模仿这个剧本中安提戈涅的语气，作为这组诗的结尾。一方面，他暗示女主角也死了；另一方面，通过她来对人生做出总结："征服了——噢痛苦的甜蜜"，虽然死亡总是悲剧性征服一切，但人生是又苦又甜的。第二节中描写的一些场面都是来自索福克勒斯的戏，强调了人生的辛酸，不过她还是必须歌唱的，然后"落入没有爱情的尘土"。

一个姑娘温柔脸颊的主人——

那个富人和他的种种事务，

肥沃的田野和肥沃的羊群，

水手，饱经风雨的庄稼汉；

征服了，帕内塞斯山上的众神。

征服了，九重天空；又把

天国和大地抛出它们的位置，

在那同一场灾难中，

兄弟和兄弟，朋友和朋友，

家庭和家庭，

城市和城市都会抗争，

因为追逐辉煌而发疯。

祷告我愿意，歌唱我必须，

然而我痛哭——俄狄浦斯的孩子，

落入没有爱情的尘土。

为一支曲子重谱的两支歌

一

我的蓓斯汀·芬是我唯一的欲求，

我已经缩成了皮包骨头；

给我心中一切的所有酬金，

只是我一个人、一个人吹的口哨。

   噢罗，噢罗！

明天夜里我要砸倒这一扇门。

男人到底有什么好处，他

一个人、一个人，小腿上斑斑点点？

我宁愿膝上搂着爱人喝酒，

在酒店里，在两只大桶中间。

   噢罗，噢罗！

明天夜里我要砸倒这一扇门。

一个人，一个人我躺了九个夜晚，

在雨中，在两片茂密的灌木丛中间；

我想吹口哨，把她引到我身旁，
但我吹着吹着吹着，一场空忙。
　　　　噢罗，噢罗！
明天夜里我要砸倒这一扇门。

二

我愿我是一个老乞丐，
假珠子的眼睛滴溜溜转，
因为他将看不到我的夫人
闲逛过去，步履轻盈。

一个凄凉、悲哀的乞丐，
没有朋友在他身边，
仅有偷东西的小狗吠个不停，
噢乞丐生下来就瞎了眼睛。

也决不是个押韵的人，
头脑里没有一点学问；
除了为美丽夫人押的韵，
独自押韵在一张床上。

对老年的一个祷告

主呵，别让我去想那些人的
仅仅在头脑中想的思想；
他，唱着一种永恒的歌声，
就是在骨髓中思想。

在那使人老而聪明的一切中，
这一点可最值得赞扬；
哦我算得了什么，竟然不能
为了歌显出一副傻瓜的模样?

我祈祷——时髦的话已经过时，
祈祷又一次广为流行——
虽然我正在年老死去，我会显得是
一个愚蠢、激情的人。

教堂和国家

诗人，这可是新鲜的事，
一件适合于老年的事；
那些暴徒把教堂和国家的
力量踩到了他们的脚下；
哦只要心中的酒流得清纯，
思想的面包变得甜津津。

那是一支怯懦的曲子，
再也不在梦中漫步不已；
如果国家和教堂是在大门上
狂吼乱叫的暴徒，又怎么样！
结果血淌成了一大片，
面包尝上去味多酸。

超自然的歌 *

一 利泼在贝勒和艾琳的坟上

因为你看见我在一片漆黑的夜晚里

捧着一本打开的书，你就问我做什么。

研究并消化这个故事，把它带得远远，

---

*《超自然的歌》是一组有着内在联系的组诗，组诗中的说话者利泼是个早期基督教隐士，用叶芝的话来说，"要不是因为他那三位一体的观点，他就是一个正统的人了。"第一首诗《利泼在贝勒和艾琳的坟上》写了地点和时间，并引出了在下面诗中进一步发挥的主题。利泼已有九十岁了，在一个"漆黑的夜晚里"读书，"你"则是指看到他（也可以理解为读到这首诗）的人，在利泼的身上体现出了一种把基督教传统和非基督教传统糅合在一起的倾向。《利泼驳斥帕特里克》涉及了三位一体的问题。帕特里克崇拜的是男性的三位一体，即圣父、圣子、圣灵，而在利泼的眼里，无论自然的还是超自然的三位一体都得包括女人作为一个组成部分。《狂喜的利泼》写到他看到（读到）"神性与神性在性的高潮中产生／神性"，经历了超验的时刻，直到"影子落下"才又回到了现实。《那里》汇集了充满神秘主义意味的形象，因此"所有的旋转汇入了一个旋转"是说在上面的世界里（那里）存在着一种永恒的秩序。《利泼认为基督教的爱无足轻重》是从恨写起的，但到头来恨也成了通向神性的一条神秘的道路。《他和她》中的她指的是摆脱了肉体的灵魂，他指神圣的"月亮"，达到了神秘主义沟通的高潮。《什么样的魔鼓》暗示了叶芝在前面提到的"性的高潮"，但这首诗故意写得含混。《他们来自哪里》把男孩、女孩与戏剧人物串联在一起了，当"查理曼大帝被怀入腹中"，神圣的戏剧就告开始，在叶芝看来是神又一次以神奇的方式出现来改变人的命运了。《人的四个时代》写得比较明了（但也有人从四种元素的象征角度来看这首诗，搞得较复杂）。《会合》写的是叶芝希望在他儿女中找到的相互关系，由于涉及《幻象》中的神秘主义体系，诗虽短，却也不好懂。《一个针眼》发挥了历史都从某一点经过的意思。《曼鲁》则把文明和历史的模式放到一起来写了。

带到那些人身旁，他们从未看到这苦恼的
脑袋或听到九十个年头沙哑了的嗓音。
关于贝勒和艾琳你可根本不用多谈，
每个人都熟悉他们的故事，知道什么样的树叶和树枝，
什么样的苹果树与水杉树紧紧结合在一起，
在他们的骨殖上，讲一些人们从未听到过的事。

那给了他们这样一个死亡的奇迹，
把那曾一度是骨头和肌腱的东西变成了
纯而又纯的实质，当这样的躯体交欢时，
根本不会在这里碰一下，或那里碰一下，
也没有勉强的欢乐，而是整体汇入了整体，
因为安琪儿的交欢是一道强烈的光焰——
那里，一刹那间仿佛消失了、燃尽了两个人。

这里，在那上面一片漆黑的气氛中，
苹果树和水杉树在一起颤抖不已，
这里，在他们死亡的周年那一天，
在他们第一次拥抱的周年那一天，

这些爱人们，在悲剧中得到了净化，

急急扑入了对方的怀中，这些眼睛

因为水滴、草药，还有孤独的祷告声声，

变得就像鸶一样，在那种光线中睁了开来。

虽然为枝头遮去了一些，那道光

在青青芳草上躺成了一圈，于是在其中

我打开了我神圣的书的书页。

二　利泼驳斥帕特里克

一种抽象的希腊荒诞使人发了疯——

想那男性的三位一体——孩子（儿子或女儿）、

　男人、女人，

所有的自然和超自然故事都这样讲得分明。

自然的和超自然的带着同样的戒指举行婚礼，

一个人、一头兽，就像一只只蜉蝣，神祇生出了

　神祇，

下面的东西只是复本，伟大的斯麻达汀石板说是

　如此。

但一切又都模仿复本，一切把他们的种类增加，

当他们激情的烟幕为身体或头脑打湿后落下，

线卷在他们的拥抱中，那玩把戏的自然登了上来。

长满了镜子一样鳞片的蛇就是多重性，

一对对在地上、水里或空中，享受着神性却只是三人，

只要他们能像他一样爱，就能使他们自己出生前生存。

三 狂喜的利泼

你一个字也不懂又怎么样！

我总把听到的一切讲述或歌唱，

不管句子多零乱。我的灵魂已找到幸福——

因其自身原因或理由而幸福的事物。

神性与神性在性的高潮中产生

神性，某个影子落下。我的灵魂

忘了那从寂静中出现的动情叫喊，

于是白天的走马灯必须再转上一番。

四 那里

那里所有的桶箍都已抽好，

那里所有的蛇尾都已咬掉，

那里所有的旋转汇入了一个旋转，

那里所有的行星落入了太阳中间。

五　利泼认为基督教的爱无足轻重

为什么我要寻求爱或研究爱？

这是上帝的事，超出了人的灵性所在。

我研究着恨，真是满腔热忱，

因为那是我自己就能控制的激情，

一把长扫帚，可以从灵魂里扫去

任何不是思想或感觉的东西。

为什么我恨男人、女人或事件？

那是我忌妒的灵魂送出的光线。

仇恨能够免于欺骗和恐惧，

发现不纯的东西，最后还能显示——

当所有这些事都已过去——灵魂会怎样行走，

或这些事开始前，灵魂会怎样行走。

接着我解脱的灵魂也将去学习

一种更黑的知识，把关于上帝

的每一种思想都变成了仇恨，

思想是衣服，灵魂的新娘不能

不裹身在俗丽又不值钱的东西中，

对上帝的仇恨也许会带来上帝的灵魂。

午夜的钟声时，灵魂不再忍耐

身体上或精神上的家具件件。

除非她的主人给予什么她能取去！

除非她的主人指示什么她能凝视！

除非他吩咐她认识什么她能认识！

除非他在她的血液中，她又怎么能过日子！

六　他和她

当月亮侧身挨近，

她也一定侧身挨近，

当惊慌的月亮远遁，

她也一定远遁：

"他的光芒使我看不清，

我怎么敢停？"

月亮歌唱时她也歌唱：

"我就是我，就是我；

我的光线越亮，

我的路程越长。"

听到那甜蜜的声音回响，

所有的造物都在抖颤。

七　什么样的魔鼓

他按下自己的欲望，几乎屏住了呼吸，

唯恐原始的母性放开他四肢，孩子不再休息，

在他的胸脯上吸着欢乐就像是吸着乳汁。

在那遮去了阳光的花园绿叶里传来什么样的魔

　　鼓？

沿着四肢和胸脯，沿着闪闪发光的肚皮，感到他

　　的嘴和有力的舌头。

什么从林子里来了？什么样的野兽在舔着它的幼崽？

八 他们来自哪里

永恒是激情，男孩或女孩，

性欲的狂喜一开始，高声嚷嚷，

"永远呵永远"然后就醒了，

不知道戏剧人物所讲的一切；

一个欲火炎炎的男人会高声唱出

他从来就没有想到过的句子，

鞭身教的教徒抽打着这些驯服的大腿，

不知道戏剧家从中所欣赏的一切。

不知道谁做成了鞭子。他们来自哪里，

那抽打着僵硬的罗马的手和鞭子？

当改变世界的查理曼大帝被怀入腹中，

她的身体扭动出了怎样神圣的戏剧？

九 人的四个时代

他与躯体进行了一场战争，

但躯体赢了，昂然前行。

接着他与心苦苦搏斗，

天真和安宁也就远走。

接着他与思想交战，

把骄傲的心留在了后面。

现在他开始与上帝对阵，

午夜的钟声响起，上帝就要得胜。

十　会合

如果朱庇特与萨顿①相遇，

什么样的埃及小麦的收成！

剑是十字架，于是他死去。

女神在马尔斯的胸脯上叹息。②

十一　一个针眼

所有咆哮的河流湍急，

都出自一个小小的针眼；

未出生的、已消失的事物，

————————

① 萨顿是罗马神话在朱庇特之前的主神。
② 维纳斯是战神马尔斯的情妇。

从针眼中依然向前驱赶。

十二　曼鲁

文明是箍在一起，带到了

一种统治下，靠着多种多样神的幻象，

在和平的象征下。但人的生命就是思想，

于是尽管他的恐惧，总不能停止

在一个又一个世纪中寻找，

寻找着，怒喊着，挖掘着，希望着

也许会进入实体的凄凉中：

埃及和希腊，再见了，再见了，罗马！

在曼鲁或喜马拉雅山上的隐士，

在漫天的雪片下度过洞穴里的夜晚，

或在雪片和冬天可怕的狂风

猛刮着他们赤裸身体的地方，知道了

白天带回了夜晚，在黎明之前

消失了他的荣誉和他的纪念碑。

旋 转

旋转！旋转！古老的石脸，向前望去；

想得太多的事呵，就再也不能去想，

因为美死于美，价值死于价值，

古老的特征已在人的手中消亡。

非理性的血流成河，染污了田地；

恩培多克勒①把一切乱扔在地上；

赫克托②死了，一道光在特洛伊映照；

我们旁观的，只是在悲剧性的欢乐中大笑。

如果麻木的梦魇骑上了头顶，

鲜血和污泥沾满了敏感的身体——

又怎么样？不要叹息，不要哀恸，

一个更伟大、更动人的时代已经消失；

为了涂过的形体和一箱箱化妆品，

① 恩培多克勒（约前 490—约前 430），古希腊哲学家，他认为世界是由气、火、土和水组成的，又由"爱"与"憎"这两种相反的力量结合或拆散开来。
②《荷马史诗》中特洛伊的英雄。

我在古墓里叹息，但再也不叹了；

又怎么样？从岩洞中传出一个声音，

它知道的一切只是一个词"欢欣！"

行为和工作渐渐粗了，灵魂也粗了，

又怎么样？古老的石脸亲切地看待一切；

爱马匹和女人的人，都将被从

大理石的破碎坟墓里

或暗黑地在鸡貂和猫头鹰中

或在任何富有、漆黑的虚无中掘起，

工人、贵族和圣人，所有这些东西

又在那不时髦的旋转上旋转不已。

天青石雕*

——致哈利·克利夫顿

我听到歇斯底里的女人们声称，

---

* 天青石是一种深蓝色的宝石。叶芝在 1935 年 6 月 6 日给陶尔赛·威尔斯莱的信中写过这样一段话："我注意到你有许多天青石，有人把一大块天青石雕作为礼物送给了我，在这块天青石上某个中国雕塑家雕了一座山，山上有庙宇、树木、小径，一位长老和他的弟子正要登山；长老、弟子、坚硬的石头，这是重感官享受的东方的永恒的主题，在绝望中的英勇的呼喊。但不，我错了，东方一直有着它的解决方法，因此根本不知道什么悲剧，是我们，而不是东方，必须发出英勇的呼喊。"叶芝无疑在开始写这首诗时想到了东西方的不同，但随着诗的展开，思想更显得是多方面的。

这首诗的一个总的思想还是关于文明的衰落和兴起的思索。虽然在叶芝作品中这个主题并不罕见，但这首诗的形式颇有一点现代派的意味，各节之间的关系得由读者自己联系起来，因此读来费解。第一节着重写现代，在第一次世界大战中，德皇派出飞机狂轰滥炸，正像十七世纪的奥兰治亲王（即后来的英王威廉三世）在战争中乱投炸弹一样。现代的灾难重重，可更糟的是那些歇斯底里的女人，她们摈弃音乐、绘画和诗歌，而去胡搞政治（此处有影射茅德·冈的意思）。第二节探讨了艺术家——或他们笔下的人物（都是莎士比亚戏剧中的人物），是怎样看待悲剧的。悲剧人物终于认识到失败是无可避免的，这就是所谓悲剧意识最高潮时的欢乐（也可以理解为一种内在的"悟"）。第三节，"古老的文明已经毁完"，历史毁灭而又复活，而对每一个文明做出最大贡献的艺术家也自然有悲剧性的遭遇，卡里马瞿斯是公元前三世纪的希腊雕塑家，他曾发明过一种摇钻，在大理石上钻出帷幕似的花纹，然而他留下来的作品绝无仅有了。不过，个人的得失其实无足轻重，"一切倒下了又重建，/那些重建的人充满了欢乐"。第四节较短，只是粗粗描绘了哈利·克利夫顿送给叶芝的天青石雕。第五节的处理方法颇像济慈的《希腊古瓮颂》，诗人走进了天青石雕的图像，本来石雕上人物是固定在一个地点的，但叶芝却要想象他们走向什么地方，来到一个休憩之处，沉思着悲剧性的景象。为了强调诗的想象性场景，叶芝故意让读者对石雕上的"裂缝或凹痕"得出自己的理解——是瀑布、雪崩，还是积雪的坡峰？艺术作品的意义不仅仅在作品之中，而且也在它的理解者之中。诗的末尾，石雕中的一个中国人要求听一支悲哀的曲子，正好与诗的开始时歇斯底里的女人对音乐的厌倦遥相呼应，又强调了在任何一个文明中艺术作品都是不可缺少的。

她们已腻了调色板和提琴弓，

腻了那永远是欢乐的诗人；

因为每一个人都懂，至少也应该懂，

如果不采取严厉的行动，

飞船和飞机就会出现在天空，

像比利王那样投掷炸弹，

最后，城镇夷平，废墟重重。

大家都在扮演他们的悲剧，

哈姆雷特和李尔，大摇大摆，

这是奥菲莉亚，那是科德莉亚；

他们，如果最后一幕的时候还在——

那巨大的幕布即将降落——

要无愧于戏中辉煌的角色，

就不要中断他们的台词痛哭。

他们明白哈姆雷特和李尔欢乐；

欢乐把一切恐惧改变了形状。

一切人都向往过，得到过，又丢掉；

灯光熄了，天国在头脑中闪光：

悲剧达到了它的最高潮。

虽然哈姆雷特徘徊，李尔狂怒，

在成千上万个舞台上，

最后一幕全都一下子结束，

不能增加一寸，重上半磅。

他们迈步来了，或乘着船，

骑着骆驼、马、驴或骡子，

古老的文明已经毁完。

他们和他们的智慧再无踪迹：

不见卡里马瞿斯的工艺品，

他曾摆弄着大理石，仿佛那是青铜；

他制出的帷幕，随着吹过角落的海风

似乎站起了，真栩栩如生；

他的长灯罩像一棵棕榈，

细细的柄，只是站立了一日。

一切倒下了又重建，

那些重建的人充满了欢乐。

雕刻在天青石上的是

两个中国人，背后还有第三个人，

在他们头上飞着一只长脚鸟，

一种长生不老的象征；

那第三个，无疑是个侍从，

手中捧着一件乐器。

天青石上的每一点瑕疵，

每一处无意的裂缝或凹痕，

仿佛是瀑布或雪崩，

或那依然积雪的坡峰。

虽然樱树和梅树的枝梢

准使那些中国人爬向的

半山腰的房子无比可爱，而我

喜欢想象他们坐在那个地方，

那里，他们凝视着群山、

天空，还有一切悲剧性的景象。

一个人要听悲哀的音乐，

娴熟的手指开始演奏，

他们皱纹密布的眼睛呵，他们的眼睛，

他们古老的、闪烁的眼睛，充满了欢乐。

模仿日本人的诗

一件最令人惊讶的事——
我已经活了七十年。

（为春天的花朵欢呼，
春天又来到了这里。）

我已经活了七十年，
不是衣衫褴褛的乞丐，
我已经活了七十年，
七十年的成人和孩子，
但我从未为欢乐而跳舞。

甜蜜的舞蹈者

这女孩子不停地舞蹈，

在花园里那树叶撒满、新近修过的

平整草坪上尽情舞蹈；

从痛苦的青春中逃出，

从她的一帮子人中逃出，

或从她的乌云中逃出。

呵，舞蹈者，呵，甜蜜的舞蹈者！

如果陌生人从房子里出来，

要把她带走，请不要讲，

她多么幸福，因为发了疯；

把他们轻轻带到一旁；

让她跳完她的舞，

让她跳完她的舞。

呵，舞蹈者，呵，甜蜜的舞蹈者！

三片灌木丛

有一次，夫人对情人说：
"没有人能够依靠
缺少食粮的爱情度光阴；
如果你的爱情无影无踪了，
你怎么还唱得出甜蜜的歌声？
我该受责备呀，年轻人。"
　　　　噢我亲爱的，噢我亲爱的。

"你的房间里不要点燃蜡烛，"
那可爱的夫人往下讲，
"这样，当午夜的钟声响起，
我可以悄悄溜上你的床；
要是我看到自己的模样，
我准会羞愧得丢掉命。"
　　　　噢我亲爱的，噢我亲爱的。

"我在私底下爱着一个人，

亲爱的侍女呵，"她说道，

"一旦他不再爱我，

我只能倒下，死掉，我知道，

可如果我丧失了我的贞操，

我也只能倒下，死掉。"

　　　　　噢我亲爱的，噢我亲爱的。

"因此你必须去躺在他的身旁，

让他以为是我睡在他的身旁，

房间里不点一支蜡烛时，

也许我们彼此都一样，

我们脱得一丝不挂时，

也许我们彼此都一样。"

　　　　　噢我亲爱的，噢我亲爱的。

但没有狗吠，午夜的钟声敲响，

在悠扬的钟声中，她就会说：

"这真是我一个巧妙的奇想，

我的情人看上去如此欢乐。"

可她又会叹息寂寞，如果

那侍女整天显得睡眼惺忪。

　　　　噢我亲爱的，噢我亲爱的。

"不，不要另一支歌，"他说，

"因为一年前，我的夫人

第一次来临，走进我的房间

那时正是午夜时分，

远方的钟声开始敲响，

我必须睡在我的被窝中。"

　　　　噢我亲爱的，噢我亲爱的。

"一支又是笑又是哭、神圣的歌，

一支淫荡的歌。"他们这样说，

人们可曾听到过这样的歌？

不，但那一天听到了这支歌。

人们可曾这样骑过马？

不，但是他骑得这样飞速。

　　　　噢我亲爱的，噢我亲爱的。

但他的一只马蹄子

一下子踩进了兔子洞中，

他摔落下来，呜呼送了命。

他的爱人看到了这幅惨景，

倒了下来，就此死掉，因为

她爱他，用她整个的灵魂。

　　　　噢我亲爱的，噢我亲爱的。

侍女却活得很长，她把

他们的坟墓照管得十分妥帖，

还在那里栽了两株灌木，

灌木长得茂盛而繁密，

仿佛是从一株根部长出

朵朵玫瑰，交织在一起。

　　　　噢我亲爱的，噢我亲爱的。

当她也老了，奄奄一息，

牧师来到了她的身边，

她做了一番彻底的忏悔。

他久久地凝视着她的脸，

哦，他可是个善良的人，

完全理解她的情形。

　　　　噢我亲爱的，噢我亲爱的。

他吩咐人们好好埋葬她，

把她葬在夫人的情人身边，

还在她的坟上栽下一棵玫瑰，

现在当人们拾起一片花瓣，

没有一个活着的人能说出

这是从哪一株根部长出的一片。

　　　　噢我亲爱的，噢我亲爱的。

夫人的第一支歌

我转过身，
像马戏场中的野兽，
不知道自己是什么，
或要往哪里走。
我的语言锤打成
一个名字：

我在恋爱中，
而这就是我的羞耻。
那损害我灵魂的，
我灵魂却在崇拜，
不比野兽好多少，
只会在地上爬。

夫人的第二支歌

什么样的男人正走来，
走来躺在你的双腿中？
那有什么关系，我们只是女人。
洗吧，把你的身子洗干净；
我有几柜子晒干的花瓣，
能用来撒遍那些枕巾。
　　　　　　上帝饶恕我们。

他将爱我的灵魂，
仿佛肉体完全无足轻重；
他将爱你的肉体，
不为灵魂所缚的肉体；
爱情塞满爱人的两个部分，
却把他的整体保留为一。
　　　　　　上帝饶恕我们。

灵魂必须学会，爱情

属于我的胸脯，

肢体的爱是共同的，

所有高贵的野兽都一样。

如果灵魂瞧而肉体碰

哪个更受到了祝福？

　　　　上帝饶恕我们。

夫人的第三支歌

当你和我真正的爱人相遇，
而他在你腿中间奏曲子，
不谈那灵魂中的种种邪恶，
也不认为肉体算得上完整；
因为我，他的白昼夫人，
知道肉体更多的邪恶种种；
但他的爱情在荣誉中分裂，
于是荣誉和爱情都不足数；
如果我们亲吻，我或会听到
一支蛇形喇叭对位的嘶嘶声；
你，倘若用手探索一条大腿，
所有劳作的天堂都叹息微微。

情人的歌

鸟儿渴望着天空，
我不知道往哪儿渴望思想，
因为种子渴望着子宫。
此刻，相同的休憩下降，
到头脑上，到鸟窝上，
到紧张的大腿上。

女服务员的第一支歌

哪里来的这个浪荡子，
睡了，睡成稀泥一样，
陌生者和陌生者紧挨，
在我冰冷的胸脯上？

还有什么可以渴望？
奇特的夜晚已经到来；
上帝的爱把他藏起，
让他不受任何损害，
欢乐享受已使他变得
像虫一样无力苍白。

女服务员的第二支歌

从欢乐的床上起身，

麻木得像一条虫，

他的竿子和冲撞的顶部，

软弱得像一条虫，

他那已逃离的精神，

盲目得像一条虫。

一亩青草

图画和书本依然留存，
一亩青草，郁郁葱葱，
给人空气，让人运动，
现在体力渐渐消失；
在一座古老的房子中，
午夜，只有一只耗子在动。

我的诱惑也静下来了。
在这生命尽头的地方，
既不是松松散散的幻想，
也不是头脑中的一座磨坊，
把它的破布和骨头耗光，
能使人们不再对真理迷惘。

允许我有一个老人的疯劲，
我必须把我自己重新塑造，

让我成为李尔王或泰门①，

或与威廉·布莱克②一样，

把那堵墙敲个不停，

直到真理听从他的命令。

米开朗琪罗③熟悉的一个思想，

能穿透云层、奔向远方，

或因为一阵疯狂有了灵感，

摇动裹在尸衣中的死人；

此外就为人类所遗忘，

一个老人鹰似的思想。

---

① 莎士比亚戏剧《李尔王》和《雅典的泰门》中的主人公。
② 威廉·布莱克（1757—1827），英国浪漫主义诗人，晚期作品充满神秘主义色彩。
③ 米开朗琪罗（1475—1564），意大利著名画家和诗人。

接着怎样

他挑选过的伙伴在学校里想，

他肯定会成为一个名人；

他也这样想，循规蹈矩地生活，

从二十岁起的那十年，他全在苦干，

"接着怎样？"柏拉图的鬼魂唱，"接着怎样？"

他写的每篇东西都有人捧读在手，

过了若干年，他也赚到了

够多的钱，足以应付种种需求，

还有那已证明了忠诚的朋友；

"接着怎样？"柏拉图的鬼魂唱，"接着怎样？"

他一切的幸福梦想都已实现——

一栋古老的小房子、妻子、儿女，

庭园里，白菜和洋李长满，

诗人与智者围在他的身边；

"接着怎样？"柏拉图的鬼魂唱，"接着怎样？"

"工作已经完成，"他老年时想，

"一切都按照少年时的计划；

让傻瓜们暴跳，我始终不动摇，

把事情完美无缺地办好。"

但那鬼魂唱得更响："接着怎样？"

一个疯狂的姑娘

那疯狂的姑娘即兴创作她的诗篇，
她的音乐，在海岸上舞姿翩翩，
她的灵魂在与自身的分裂中
爬上又跌下何处，自己也毫不知情。
在一艘汽船的货物中间躲藏，
她膝盖跌破了；我称那个姑娘
是美丽、高尚的事，或一度
英雄地失去、又英雄地找到的事。

无论什么奇灾大难降到头上，
她承受着无可救药的音乐之伤，
伤呵，伤呵，在放着屄斗和篮子处，
她却没在凯旋中发出并非
寻常的可以分辨的声响，
而是唱："噢海洋的饥饿，饥饿的海洋。"

来，围绕着我，帕内尔派 *

来，围绕着我，帕内尔派，

赞扬我们选出来的人，

笔直地站一会儿吧，

笔直地站，只要你还能站，

不用多久，我们就会躺在

他躺的地方，在地下；

来吧，给这些杯子酌满酒，

把酒瓶递过去，传上一圈。

这是个有说服力的理由，

我有更多的理由可一一列举，

他抗争英国的强权，

他救助爱尔兰的穷人，

农民们手上有什么货，

他都帮着他们销出去；

---

* 帕内尔是爱尔兰争取民族自治运动中一位重要的政治人物。在爱尔兰议会中曾有所
谓的帕内尔派或党团。帕内尔后来因为个人生活中的问题，落得身败名裂。诗人对帕
内尔的生平遭遇一直充满同情和愤懑，在好几首诗中写到他。

还有另一个理由，

帕内尔爱一个姑娘。

还有这最终的理由，

他是这样一种人，

每个嘴里唱歌的人，

都会把帕内尔记在心中。

因为帕内尔是个骄傲的人，

比路上行走的人都更要骄傲，

骄傲的人是可爱的人，

来，让我们把酒瓶传上一圈。

主教，还有各个党派，促成了

那幕悲剧故事的发生，

一个出卖他妻子的丈夫，

在这之后还有背叛的行径；

但那些活得最长的故事

都是在酒杯上歌吟，

帕内尔爱他的祖国，

帕内尔爱他的女孩。

粗野而邪恶的老人

"因为我对女人有点疯，

我对山岭同样也有点疯。"

那个粗野而邪恶的老人说，

他可是随心所欲，到处旅行。

"不要老死在家里的稻草上，

让那些手来合拢这些眼睛，

这是我向天国中的老人

要求的一切，我亲爱的人。"

　　　　　　拂晓，还有一支蜡烛头。

"你的话用心都好，我亲爱的人，

别留起其余的话，默不作声。

谁能知道哪一年，我亲爱的人，

一个老人的热血渐渐变冷？

我有着年轻人没有的东西，

因为他实在爱得太深；

我有能穿透心房的言语，

而他除了摸，还能什么？"

　　　　　　　拂晓，还有一支蜡烛头。

于是她对那粗野的老人说，

他把结实的手杖紧握手心：

"爱情嘛，给还是不给，

可不是在我的掌握中。

我把一切给了一个更老的人，

那位在天国中的老人。

那些忙着数他的念珠的手

决不能合上这双眼睛。"

　　　　　　　拂晓，还有一支蜡烛头。

"走你的路吧，噢走你的路吧，

我把另一个目标选准，

那些远在海滩上的姑娘，

她们才懂什么是黄昏；

老渔夫满口下流猥亵的话，

打鱼的小伙子们舞跳个不停；

当暮色降临到了水面，

她们把他们的床铺平。"

拂晓，还有一支蜡烛头。

"暮色中的一个年轻人是我，

但到了阳光下，一个粗野的老人，

能使一只猫儿笑，或者能

凭着天生的智慧轻轻地

摸到那些很久、很久以来

只深藏在骨髓中的一切，

摸到那些多疣的①小伙子

身旁摸不到的一切。"

拂晓，还有一支蜡烛头。

"所有的人都生活在痛苦中，

我懂，只有很少的人懂：

无论他们走的是向上的路，

还是滞留在下面，乐天知命？

划船者忙着把船转向，

织布者在布机上俯身，

---

① 在爱尔兰民间传说中，"多疣"意味着一个人性欲强。

骑士笔直地坐在马背上，

或者孩子置身在子宫中。”

　　　　　　拂晓，还有一支蜡烛头。

"但愿一道强烈的闪电，

来自天国中的那个老人——

能烧掉任何有教养的人

都无法否认的痛苦酸辛。

但我是一个粗野的老人，

我选了第二件最好的事情：

当我摸着一个女人的胸脯，

就把一切忘个干净。”

　　　　　　拂晓，还有一支蜡烛头。[①]

---

① 最后一节是全诗的点睛之笔：老人并非愿意这样生活，而是痛
苦的生活使他成了这样一个人。

伟大的日子 *

革命万岁！更多更多的炮声！

骑马的乞丐鞭打步行的乞丐，

革命万岁！更多更多的炮声！

乞丐们换位，但是鞭打依然。

---

* 叶芝的思想中有一种复古的倾向，但这首诗写于 1938 年，更可能指的是当时法西斯
势力的猖獗。

帕内尔 *

帕内尔走下来，对一个欢呼的人说：

"爱尔兰将有她的自由，而你仍然敲石头。"

那丧失的东西

我歌唱那丧失的东西而惧怕那赢得的东西，

我行走在一场重新再打一遍的战役中，

我的皇帝，丧失的皇帝，我的士兵，丧失的士兵，

奔向着那升起和落下的一切，

脚步，总是踩在同一小石头上。

一个醉汉对清醒的赞扬

快转过身来，我可爱的姑娘，

让我跳舞跳个不停，

这样我还会是一个清醒的人，

虽然我已喝得多么尽兴。

清醒可是件珍宝，

对此我也十分称赞；

因此让我不停地跳，

而醉鬼们躺着打鼾。

噢留神你的步子，你的步子，

不停地舞，像波浪一样地舞，

在每一个舞蹈者的脚下，

一个死人躺在坟墓里。

不要上下动，我的可爱的，

一条美人鱼，不是一个姑娘；

一个醉鬼是一个死人，

所有的死人都进入了醉乡。

朝 圣

我斋戒了四十天，只靠着面包和酸奶硬撑，
因为我与那些穿破布或绸缎，戴乡下围巾
或巴黎斗篷的女孩们交杯，结果昏昏沉沉，
女人到底有什么好处，虽说她们能说的仅仅
是福尔德罗尔德罗力奥。[1]

我走上石头路，绕着劳替德格的圣岛[2]，
在所有的车站上，我都从我的骨头里祷告，
那里我找到了一个老人，虽然我祷告了一天，
那个老人在我的身边，老人却默默无言，
只是福尔德罗尔德罗力奥。

所有人都知道世上的死人在那不通气的地方，
倘若母亲要找她的儿子，她的运气也不会怎么样，

---

① 叶芝在原文中用了一些象声词，戏仿人们讲不清楚的一些语言。
② 岛名，在何处不详。

因为炼狱的火焰已把他们的躯体吞下，
我向主发誓，我问了他们，他们能说的话
曾是福尔德罗尔德罗力奥。

在我的船上出现了一只羽毛纷乱的大黑鸟，
从头到脚伸展开来，大约有二十英尺高，
翅膀一扇一扇地，样子煞是神气，
但我不停下来问，船夫能说的一切
只是福尔德罗尔德罗力奥。

现在我在酒吧里，背在墙上靠牢，
来了破衣或绫罗，乡下围巾或巴黎斗篷，
与有学问的爱人来了，或与你能找到的男人来了，
因为我熟悉所有这帮子人，我所要说的
是福尔德罗尔德罗力奥。

马丁上校

一

上校出门去，出门去航行，
他交谈的伙伴有土耳其人、
基督徒、异教徒、犹太人，
所有的语言呵他全懂。
"没妻子的人什么样？"他问，
于是他就返航，回到了家。
他拔起门闩，上了楼，
发现房间里空无一人。
上校出门去，出门去航行。

二

"我老让她待在乡间，
她也真是孤孤零零；
她有可能在那里，"他说，
"但也有可能在城中，
她到底在哪里，独自一人，

谁又说得准？"他问，

"我想，我会在一个青年的

床上找到她，找到她。"

上校出门去，出门去航行。

三

上校遇到了一个叫卖小贩，

两人把交换衣服的协议达成。

他还在盖尔卫的一家首饰店中，

买下了富丽的瑰宝奇珍，

放在那包里的不是针和线，

而是珠宝，珠宝熠熠动人，

他在手上挽起一根皮带，

一下子把小包背上了肩。

上校出门去，出门去航行

四

上校敲响那个阔人的门，

"很抱歉，"女仆应了声，

"我的女主人现在不看货，

她在床上还没有醒。
虽说我从来没有见过
这样的珠宝，这样光彩动人。"
他就把珠宝放在她的手中：
"把这些全交给你的女主人。"
上校出门去，出门去航行。

五
她走进去，他在后面悄悄跟，
两人一起往楼梯上登；
噢，他可真是一个聪明人，
他穿的是拖鞋，着地无声。
当他们走到楼梯顶，
他一下子猛向前冲，
看到他的妻子和那阔人，
舒舒服服地躺在床中。
上校出门去，出门去航行。

六
艾兹法院的法官先生，

细细地把这篇故事倾听，

他判给上校三小桶黄金，

算是赔偿他的一些损失。

上校吩咐汤姆，他的仆人：

"跨上一头驴拉辆车，

拉着金子在城里到处扔，

到每一个地方把金子扔。"

上校出门去，出门去航行。

七

在街道所有的角落里，

都站着一个握枪的人，

那阔人付了他们一笔钱，

要结果上校的性命；

但他们扔下手中的枪，

所有人都听到他们誓言声声：

他们决不能举枪去射

一个为穷人做了这许多事的人。

上校出门去，出门去航行。

八

"汤姆，你没把金子留在自己手中？

你可有过三小桶，"他这样问。

"金子，我想都没有想过，先生。"

"那么你在死之前肯定要穷。"

汤姆果然穷了，因为我祖父

是看到那故事的结局的人。

海滩上，汤姆采着一根根

海草，以此来换钱为生。

上校出门去，出门去航行。

桂冠诗人的一个原型

从中国到秘鲁，在各种各样的王位上

坐着各种各样的皇帝，

各种各样的男男女女，

被人宣称善良而且伟大无比；

那有什么要紧——如果为了

国家的原因等诸如此类的说辞

竟使他们的爱人等待，

　　使他们的爱人等待？

有些人吹嘘乞丐皇帝，

又黑又白的无赖们的皇帝，

他们统治着，用强有力的手腕

使所有的人惊恐不已；

于是喝醉的或清醒的都安闲地生活，

那里无人敢反驳他们的权利，

就使他们的爱人等待，

　　使他们的爱人等待。

当社会众人向现代的王位
欢呼，缪斯再不作声，
那些能够买到或售掉的欢呼，
那个蜡印，那个签名，
那个傻瓜们治理下的办公室，
为了这些事情，哪个正派的人
愿使他的爱人等待，

　　使他的爱人等待?

古老的石十字架

一个政治家是个日子好混的人，

他说起谎来流利得很；

一个新闻记者为编造他的谎言，

还要把你的喉咙扼紧；

因此留在家，喝你的啤酒，

让那些邻居们去投票。

那个身穿金胸铠的人说，

在一座古老的石十字架下。

因为这个时代和下个时代，

都是在壕沟中产生，

无人能分辨出一个幸福的人，

或一个路过的可怜虫；

如果愚蠢和优雅联在一起，

无人能分辨哪个是哪个。

那个身穿金胸铠的人说，

在一座古老的石十字架下。

但缺少音乐感的伶人，

最容易使我怒气冲冲，

他们说：拖着脚步，咕哝

而又抱怨，其实更有人性，

不知道什么不是这个世界的材料

撑起一个壮丽的场面。

　　那个身穿金胸铠的人说，

　　在一座古老的石十字架下。

这些意象

要是我吩咐你离开
那洞穴一样的大脑？
在阳光下，在风中，
运动起来要更好。

我从不吩咐你走开，
去莫斯科或去罗马。
抛弃那种苦差事吧，
去把缪斯叫到家。

去寻找这些意象，
那些构成一片荒凉，
狮子和处女，娼妓
以及孩子的意象。

到那半空中寻找

一只展翅飞翔的鹰，

认出那五种东西，

使缪斯声声歌吟。

给一种负担的三支歌

一

要叫我吵闹的补锅匠也随你的便，
但我的名字是曼尼恩。
我属于那种普普通通的人，
普通人养的也是普通人，
乡下佬生的就是乡下佬，
这样的事，我可不觉得丢脸。
当我足足有了六个孩子，
我就把他们狠狠揍一顿。
一个凶猛的骑士在群山间驰骋。

所有的曼尼恩们都来自曼南南，
虽然那里每一个海岸都富饶，
他从不躺在一堵墙的后面，
他把这样的一种性格养成：
从不把一把熨斗烧红，
也从不去焊接盆盆罐罐。

他的怒吼，他的狂喊，

只是使一个流浪汉心欢。

一个凶猛的骑士在群山间驰骋。

要是疯简能使老年姗姗来迟，

使那喋喋不休的时间重新开始，

要是古老的神祇能再一次站起，

我们真会喝上一两罐酒。

走出去，去实行我们的领导权，

去一个个城市，去一个个乡间，

把一对对般配的人儿扔上床，

把其他的人一一打翻在地上。

一个凶猛的骑士在群山间驰骋。

二

亨利·米德尔顿是我的名字，

我有一份小小的产业在手里，

在一片风吹雨打的绿地上，

一座人们遗忘了的小房子。

我擦着地板，铺着我的床，

我做着饭，又换着我的茶盘，

只有邮递员和花匠，

有打开我古老房门的钥匙。

一个凶猛的骑士在群山间驰骋。

虽然我对他们锁上我的门，

我内心里同情所有的年轻人，

我知道，从他们的伙伴中，

他们学得了什么样见鬼的学问；

他们白天喝酒扔钱币，

他们夜里结伙做强盗，

众人的智慧都无影无踪了，

年轻人又怎么能走正路？

一个凶猛的骑士在群山间驰骋。

每一个星期天下午，

我在绿色的土地上漫步，

还穿着一件时髦的衣服，

关于养鸡女人和古怪老人的

谈话内容的种种回忆，

使我振作起来，变得强壮，

没有一个高位上的驾驶员

知道我居然活得这样长。

一个凶猛的骑士在群山间驰骋。

三①

来到我的身边吧，所有的祷告者们，

来把一九一六年赞扬一番，

这些从顶层楼座和正厅后排②

或从画就的场景中走出的人，

在邮局里，或围绕着市政大厅

曾经浴血奋战过一场，

赞扬每一个再来的人，

赞扬每一个倒下的人。

一个凶猛的骑士在群山间驰骋。

谁是那天打了第一枪的人？

演出者康纳利，

---

① 这首诗的内容和一九一六年爱尔兰共和兄弟会起义有关系，诗中提到的人名都是这场起义中的烈士，参看《一九一六年复活节》的注。
② 这些都是戏院中票价最便宜的位置。

他死在市政大厅附近；

他有着动人的身体与嗓音，

却缺少那生成技术的年头，

但是他本来可能成为

一个著名的、辉煌的人物，

在那画出的场景前。

一个凶猛的骑士在群山间驰骋。

一些人根本没想过胜利，

他们出去就是准备死，

这样爱尔兰的思想会更了不起，

她的心儿会越跳越高尚；

但谁知道来临的又是什么？

因为帕特里克·珀西曾说过，

在每一代人，每一代人中，

爱尔兰必定会流下鲜红的血。

一个凶猛的骑士在群山间驰骋。

三支进行曲

一

记住这些声望赫赫的几代人，

他们留下他们的躯体让豺狼肥，

他们抛弃他们的家园让狐狸肥，

逃到遥远的国土，他们逃去藏身，

藏身在岩洞、悬崖或窟窿里，

保卫爱尔兰的灵魂。

别作声，别作声，又能说什么？

我的父亲曾唱过那支歌，

但时间纠正了古老的错误，

那已经结束的，就让它消失。

记住那声望赫赫的几代人，

记住那所有浴血奋战的人，

记住那所有死于断头台的人，

记住那所有逃遁的、坚守的人，

坚守着，面对死亡，就像

一只老铃鼓的曲子一样。

别作声，别作声，又能说什么？

我的父亲曾唱过那支歌，

但时间纠正了古老的错误，

那已经结束的，就让它消失。

失败了，那段历史就成了垃圾，

傻瓜们的负担——那伟大的过去，

后来的人们会对奥多纳尔嘲笑不已，

嘲笑那两个奥尼尔身后的记忆，

嘲笑埃米特，嘲笑帕内尔，

嘲笑所有跌落的声誉。①

别作声，别作声，又能说什么？

我的父亲曾唱过那支歌，

但时间纠正了古老的错误，

① 此段诗中提到的几个人都是爱尔兰争取民族自治运动中的著名人物。

那已经结束的，就让它消失。

二

士兵们骄傲地向他们的上尉行礼，

信徒向他的主屈下一膝，充满虔诚，

某些人为纯种的母马撑腰，

特洛伊支持海伦，灭了但仍受人尊敬，

伟大的国家在上面欣欣向荣，

一个奴隶向另一个奴隶鞠躬。

什么人在攀越关山？

不，不，我的儿子，还不；

那真是一个奇怪的地方，

无人知晓是谁踩在草上。

我们知道哪个无赖玷污了

他所杀害的高尚的天真，

我们是不是生在农民的小屋中，

那里，人们只要吃饱肚子就原谅？

更为我们自己过的日子担心，

那么头脑怎样能原谅别人？

什么人在攀越关山？
不，不，我的儿子，还不；
那真是一个奇怪的地方，
无人知晓是谁踩在草上。

山顶上空无一物，又怎么样？
哪里是那些统治人类的上尉？
什么击倒一棵中心空空的树，
一阵狂风，噢一阵吹来的风，
向前呵风，任何一支老曲子，
向前，向前，它是怎样前奔？

什么人在攀越关山？
不，不，我的儿子，还不；
那真是一个奇怪的地方，
无人知晓是谁踩在草上。

三

老祖父在绞刑架下高声唱：

"听着，先生、女士、所有的人：

钱好，一个姑娘也许更好，

可坚强的拳头让人来劲。"

这里，站在大车上，

他从心底里歌唱。

强盗抢走了他的老铃鼓，

但他取下了月亮

把一支曲子高唱；

强盗抢走了他的老铃鼓。

"姑娘我有过，只是她跟了另一个人，

钱我有过，夜里又消失得精光，

烈酒我有过，仅给我带来了悲伤，

但坚强的事业和拳头使人欢畅。"

所有的人都随着曲子哼：

"噢，噢，我的亲爱的人。"

强盗抢走了他的老铃鼓，

但他取下了月亮

把一支曲子高唱；

强盗抢走了他的老铃鼓。

"钱好，一个姑娘也许更好，

无论发生什么，谁遭到了失败，

但坚强的事业"—— 这时绳子猛一动

他再没往下唱——他喉咙太紧了；

但他临死前踢了几脚，

那样做，准是出于骄傲。

强盗抢走了他的老铃鼓，

但他取下了月亮

把一支曲子高唱；

强盗抢走了他的老铃鼓。

约翰·金斯勒对玛丽·摩尔夫人的悲哀 *

一个血腥的、突然的收场，

　　一根吊索，一声枪响。

死亡偏偏取走人们要保留的，

　　留下人们要抛弃的一切。

他本来可以带走我的妹妹，

　　我的表姐，也许好几位，

但除了我亲爱的玛丽·摩尔外，

　　没有东西能使这个傻瓜满意。

没有其他人知道使人欢悦的——

　　在桌上，在床上——是什么东西。

现在我的老鸨母已一命归天，

　　我拿可爱的姑娘怎么办?

虽说达成一笔交易可费劲，

　　就像一个老年的犹太人，

---

* 这首诗是模仿民谣的风格写的，两个人名可能出自先前的一首民谣，叶芝在一封信
中提到，他是先想到诗中的迭句，就像合唱部分，再把全诗写出的。

她的交易一成，我们又都欢笑谈论，

　　把许多只酒坛喝得空空。

噢！但她有许多故事

　　（虽然不是讲给牧师们听）

让人的灵魂充满生气，

　　还驱走了老年和忧郁；

因为老了，她在她讲的

　　每一件事上盖了一张皮。

现在我的老鸨母已一命归天，

　　我拿可爱的姑娘怎么办？

牧师们有一本书这样说，

　　要不是因为亚当的罪行，

伊甸乐园会依然在那里，

　　而我就会在乐园里；

那里没有一个期望落空，

　　没有一种欢快的习惯结束，

男人不会变老，姑娘不会变冷，

　　而是朋友们走在朋友们身边。

那些在树上摘面包的人，

谁还会为了半个便士吵架?
现在我的老鸨母已一命归天,
我拿可爱的姑娘怎么办?

长脚苍蝇 *

但愿文明不会沉沦，

伟大的战役要赢，

别让狗叫，把小马驹

在远远的柱子上拴紧；

我们的主人恺撒在帐里

展开了一幅幅地图，

他的眼睛一无所视，

一只手托住他头颅。

像河流上的一只长脚苍蝇，

他的思想在寂静上运动。

但愿无顶的塔给烧掉，①

_____

* 第一节写的是恺撒正在计划他的具有历史意义的战役，因此任何
吵闹的声音都会改变文明的进程。第二节写的是童年的海伦在玩，
可是她怎样成长起来却与特洛伊和整个古代世界都有关系。最后一
节，米开朗琪罗在罗马西斯汀教堂作画，他也不能受到干扰，这样
将来"豆蔻年华"的少女，就能从他的作品中获得关于第一个男人
的思想。这首诗在抒情中有着强烈的嘲讽意味。
① 参见马洛的《浮士德博士》中的两行诗："难道是这张脸使一千
条船下水／烧掉了伊利安姆的无顶的塔。"

人们回想起那张脸庞，

必须的话，也请轻轻地

走进这个寂寥的地方。

她想着，孩子的感觉多于女人的

感觉，没人在瞧，她的脚

练着一种在大街上偶然

学到的补锅匠的拖步。

像河流上的一只长脚苍蝇，

她的思想在寂静上运动。

但愿豆蔻年华的姑娘们

都能在思想中找到第一个亚当，

关上教皇大教堂的门，

把所有那些孩子赶走。

那里，脚手架上倚着

米开朗琪罗。

他的手来回移动，

声音轻得就像老鼠窸窣。

像河流上的一只长脚苍蝇，

他的思想在寂静上运动。

一支香

所有这许多狂怒都来自何方——
空寂的坟墓或处女的子宫？
这个世界将要溶化，圣约瑟夫想，
可又喜欢他手指上嗅到的味道。

鬼 魂

因为在戏语中一切都太平，
我就谈论着一个鬼魂，
我无须麻烦，要让人相信，
或要显得是个有理性的人；
我再不信任大伙儿的视线，
无论那是羞怯还是勇敢。
我见过十五个鬼魂，
最糟的是猫在吊猫人的头上。

我从未找到什么东西，
能比得上我安排许久的
一半孤单，我能坐半个夜晚；
与一个够聪明的朋友一起，
他不让他神色向我表明，
我什么时候说得模糊不清。
我见过十五个鬼魂，
最糟的是猫在吊猫人的头上。

当一个人渐渐变老，他的欢欣

一天天变得越来越深，

终于充实了，他那空空的心；

但也因为是夜色越来越浓，

他必须拥有全部的力量，

去揭示她的神秘和恐慌。

我见过十五个鬼魂，

最糟的是猫在吊猫人的头上。

为什么老人们不该发疯

为什么老人们不该疯疯癫癫？

一些人认识一个可爱的青年，

那青年曾有如此矫健、灵活的手，

到头来却成了记者，一味嗜酒；

一个曾熟知但丁所有作品的姑娘

结果只是去养孩子，养在粪堆上；

一个充满了社会福利之梦的海伦，

最后爬到小货车上，嘶叫声声。

机会不给好人，尽让坏人把便宜占，

一些人觉得，这些事其实自然，

如果丑陋是他们的邻居的形象，

仿佛在明亮的银幕上一样，

他们不会找到任何关于

完整、幸福的头脑的故事，

一种配得上最初开始的结束。

年轻人可从来不知道这类事物，

善于观察的老人知道得清楚；

当他们知道古老的书说些什么，

而结果也不会比这更好：

就知道为什么一个老人要发疯。

政治家的假日

我住在一幢幢大房子中，

财富赶掉了头衔，

低卑的驱逐出高贵的血液，

于是头脑和身体萎蔫了。

没有奥斯卡①统治着桌子，

可我有一大帮朋友，

他们知道好一点的话儿说完了，

尽谈一些鸡毛蒜皮的事情。

某人知道世界出了什么毛病，

但从来不讲一句话；

于是我选了更好的行当，

白天和黑夜都在歌唱：

颀长的姑娘走在绿莹莹的爱弗伦岛上②。

我可是一个曾经睡在

那麻袋上的大法官，

---

① 奥斯卡·王尔德（1854—1900），英国著名作家，曾是一些沙龙里的中心人物。
② 在英国中世纪神话传说中，阿瑟王受伤后被人送到爱弗伦岛上，人们相信有一天他会从那里重新回来统治。

一个把黄卡其军服

从他背上撕去的指挥官？

或者我就是德·瓦莱拉[1]？

或者我就是希腊的皇帝？

或者是那个发明汽车的人？

呵，随便叫我什么，都没关系！

这里是一把黑山[2]的诗琴，

它那古老的一根弦，

为我奏出甜美的音乐，

我唱呵唱得多么心欢：

颀长的姑娘走在绿莹莹的爱弗伦岛上。

有着男孩女孩在他的身边，

有着任何一种衣饰，

有着一顶不时髦的帽子，

有着打补丁的旧鞋子，

有着一件强盗的破披风，

---

① 德·瓦莱拉（1882—1975），爱尔兰政治家，曾任爱尔兰总理、总统。

② 南斯拉夫一共和国名，靠近亚得里亚海，过去曾是一个王国，以产诗琴闻名。

有着鹰一样的眸子，

有着僵硬笔直的背，

有着神气活现的步履，

有着满满的一袋钱，

有着一只拴着链条的猴子，

有着一只大公鸡的羽毛，

有着一支肮脏的老曲子，

顾长的姑娘走在绿莹莹的爱弗伦岛上。

疯简在山上

我咒那个主教，已咒得厌，

（疯简这样说）

九顶帽子或九册书本，

也不会使他成为一个人。

我还发现一些更糟的东西，

让我细细思考。

一个皇帝有过英俊的表兄弟，

但他们都去了哪里？

在地窖里给乱棍打死，

而他稳稳地把王位坐牢。

昨夜我躺在山上，

（疯简这样说）

那里，一辆两匹马拉的

双轮车中坐着

大肚皮的爱玛，

她那性子暴烈的人，

库赫兰坐在她的身旁；

见到这一情景，

我双膝跪下，

亲吻着一块石头，

四肢松开，我躺在坚硬的土地上，

我热泪直流，哭声哀恸。

我的书本去的地方

我所学到的所有言语，

我所写出的所有言语，

必然要展翅，不倦地飞行，

决不会在飞行中停一停，

一直飞到你悲伤的心所在的地方，

在夜色中向着你歌唱，

远方，河水正在流淌，

乌云密布，或是灿烂星光。

马戏团里动物的背弃 *

一

我寻找一个主题，但只是徒劳，

六个星期左右，我每天都在寻找。

也许到头来，作为一个破碎的人，

我只能在自己的心中感到满足。

虽然冬天和夏天要到老年才开始，

我马戏团里的动物都曾上场表演，

那些走高跷的孩子，熠熠闪亮的马车，

狮子和女人，上帝才知道还有什么。

---

* 叶芝这首诗回顾了自己早年的作品。"走高跷的孩子"指的是爱情诗中的情人们，"熠熠闪亮的马车"即库赫兰的马车，"狮子和女人"是斯芬克斯，指他那些预言般的诗。但到底什么是他的诗歌的新的主题呢？他在第二节承认自己满足于列举老题目；另一方面，他的作品与他个人的生活有着密切的关系，因此回顾作品也就回忆了他的一生。"奥辛"是他早期一首长诗的主人公，多少有点叶芝自己的影子在内。叶芝在诗中自问当时创作的动机是什么，又引出了茅德·冈。第二节的第二段写到他对茅德·冈的爱情促成了《凯瑟琳伯爵夫人》，但创作本身"带来了一场梦"，这是说作者在创作中把痛苦转化了，创作成了一切。（此节中提到的一些人、事，都和他的剧本的内容有关系。）因此到头来，"占有我一切爱的是闪亮的舞台和演员，／而不是他们所象征的事件。"不过，这还不是艺术创作的最终真实，在第三节里，叶芝再一次检查了"这些辉煌的意象"。它们无疑是存在着的，可它们的来源又在哪里？来自"卖破烂东西的铺子似的心中"。这是一个真诚而又辛酸的解剖。

二

除了列举老题目，我还能做什么？
首先是航海者奥辛，被人领着，
经过三座迷人的海岛，寓言性的梦，
虚的欢乐，虚的战役，虚的安宁，
痛苦的心的主题，或看上去是这样，
为古老的歌或宫廷戏增添辉煌；
但让他驱马前去，我又操什么心——
我，渴望他仙姝似新娘的胸脯？

然后一种反真实使它的戏动人，
《凯瑟琳伯爵夫人》是我取的剧名；
她太有同情心了，甚至把她的灵魂放弃；
但神奇的天国插手把它救起，
我想我爱人准是毁了自己的心灵，
如此奴役她的是狂热和仇恨，
但是这带来了一场梦，没多少时光，
梦的本身占有了我所有的爱和思想。

当傻瓜和盲人偷走了面包，

库赫兰奋战着海洋的咆哮；

心的神秘在那里，但说到底，

还是梦的本身迷得我不能自已；

为一个行为孤立起来的人物，

要把记忆掌握，要把现在握住，

占有我一切爱的是闪亮的舞台和演员，

而不是他们所象征的事件。

三

这些辉煌的意象在纯洁的头脑里

变得完整，但它们又从什么开始？

一个垃圾堆或街头的破烂，

旧水壶、旧瓶子，还有一只破罐，

废铁、枯骨、破布，管放钱抽屉的

疯女人。现在我的梯子已经抽去，

我必须在梯子竖起的地方躺下身，

躺在卖破烂东西的铺子似的心中。

政 治

在我们的时代，人类的命运
在政治术语中表达出意义。

　　　　　——托马斯·曼①

这姑娘站在那里，我又怎能

怎能把我的注意力

集中于罗马、俄国

或西班牙的政治？

但这是一个到处旅游的人，

他知道他说些什么，

而那是一个政客，

他读过，他想过，

也许关于战争和战争的

警报，他们说的都不假，

但是，假如我能再一次年轻，

能把她抱在我的怀中！

---

① 托马斯·曼（1875—1955），德国作家，1929年获诺贝尔文学奖。

人和回声

人

在破碎的岩石下，在一道

名为"阿尔弗"的裂缝中，

我停留于地坑的最深层，

在月亮都从没照到过的地方；

我对石头喊出了一个秘密。

如今，当我已经是又老又病，

我所说的和我所做的

都成了一个问题，最终，

夜复一夜，我睁眼躺着，

但从未找到正确的答案。

我的那部戏可曾

驱使一些人去杀英国人？

我的那些话可曾

太绷紧那女人脆弱的神经？

我说的话可能起了这样的作用——

因此一座房子成了一片废墟？

一切看来都是恶，我终夜不眠，

恐怕从此就要倒下，一命归阴。

回声

倒下，一命归阴。

人

那仿佛是去躲避

精神上理性的伟大工作，

但只是白白躲避呵。在一枚发针

或在疾病中，毫无解脱可以谈论，

也不可能有这样伟大的作品，

能把一个人肮脏的历史洗涮干净。

只要一个人的躯体维持得下去，

美酒或是女人使他睡得死沉，

猛醒过来，他就感谢天上的主，

因为他有躯体以及躯体的愚蠢，

但躯体消失了，他再也无法入睡，

最后他的理性渐渐肯定，

一切都安排在一个清晰的远景中，

追赶着我追赶的那个念头，

然后站停了，审判他的灵魂。

接着，所有的工作都已告终，

把一切都从理性和视线中驱散，

最后沉入黑夜之中。

回声

沉入黑夜之中。

人

　　　　　　噢摇摆的声音，

我们将在那巨大的黑夜中欢欣？

我们又知道什么，除了我们

在这个地方面对着面？

但别说了，因为我已丧失了主题，

它的欢欣或黑夜，显得只是一场梦；

那里，从半空中或岩石中掠下，

猛地一击，一只猎鹰或是猫头鹰，

而被击中的兔子正尖叫声声，

它的尖叫使我的头脑发昏。

黑 塔

就说古老的黑塔中的那些人吧，

虽然他们吃得像牧羊人，

他们的钱光了，他们的酒酸了，

却不少一个士兵需要的物品，

他们都是信守誓言的人，

这些旗帜可不会来到其中。

坟墓里，死者站得笔直，

但风从海岸边呼啸吹来：

风声咆哮，他们就会哆嗦，

山岗上，老骨头不停地摇摆。

这些旗帜是来行贿或威胁，

或低声说一个人就是傻子，

他忘了自己真正的皇帝，

却操心什么样的皇帝统治。

如果他早就一命归阴，

那你为什么这样怕我们？

坟墓里落进了微弱的月光，
但风从海岸边呼啸吹来：
风声咆哮，他们就会哆嗦，
山岗上，老骨头不停地摇摆。

当我们硬朗的人伸直了身子睡觉，
塔里，那个只得又爬又攀的厨工
在清晨的露珠中抓着小鸟，发誓
他听到了皇帝的辉煌的号角声声；
但他是一条狗，一味撒谎；
信守誓约，站好我们的岗！

坟墓里，夜色越来越黑，
但风从海岸边呼啸吹来：
风声咆哮，他们就会哆嗦，
山岗上，老骨头不停地摇摆。

在本布尔本山下 *

一

凭着那些围绕马理奥提克的

---

*《在本布尔本山下》是叶芝最后的杰作，叶芝一生总是担心他写不好最后的一首诗，但到了 1938 年的夏天，他开始动笔写这首诗。五个月后，他就去世了。
　　诗的第一节写了他的信念，这有两个来源：一是古老的预言的传统，另一个是他和格雷戈里夫人细心研究过的爱尔兰民间信仰。"阿特勒斯的女巫"是雪莱的一首诗名，在叶芝看来象征着绝对的美。"超人"指的是爱尔兰民间传说中的精灵，"空气"一词可能出自莎士比亚的《暴风雨》一剧，剧中普洛斯彼罗说人不过是一阵空气。
　　第二节解释了这种信念的"要旨"：每一个人都要经历一系列重生的过程，挖坟的人只是把他所埋葬的"重新推进了人类的思想中"。
　　第三节从约翰·米切尔（一个在监狱中度过了许多年的爱尔兰爱国主义者）的祷告写起，在一刹那间，人可以认识（实现）他的使命和工作，这也就是超自然的信念的证明。
　　下面两节就读到了诗人和艺术家的使命和工作，"把摇篮正确地填好"意谓作家必须提供人们能够相信的英勇的信念。叶芝认为艺术是从毕达哥拉斯的数论开始的（参看《在学童中间》及注），然后经过埃及和希腊的雕塑，在米开朗琪罗和意大利大师的艺术中达到了完美。费迪阿斯（前 503——前 431）是古希腊的著名雕塑家。爱德华·卡尔弗特是十九世纪的木刻家；理查德·威尔逊是十八世纪的风景画家；威廉·布莱克是十九世纪浪漫主义诗人，作品富有神秘主义色彩；克劳德·劳兰是十七世纪法国风景画家；赛缪尔·帕尔默是十九世纪风景画家，他的一幅作品名为《孤独的塔》，"帕尔默的话"可能指此。在叶芝的心目中，这些艺术家继承了伟大的传统，但现代艺术是二千年历史循环的末期的产物，充满了混乱。"缺乏记忆的头和心"是说现代作家忘却了过去的传统，爱尔兰诗人只有去歌唱农民和贵族，把目光看着过去，才能赢得一个真正的未来。
　　最后一节写出了叶芝对爱尔兰斯莱果乡间的感情（他的曾祖父是这里的一个教区长），他是在这片土地成长为诗人的，也要安息在这儿。最后三行成了他的墓志铭。

轻波的圣人所说的一切，起誓说，

阿特勒斯的女巫确确实实知道，

讲了出来，还让一只只鸡叫。

凭着那些骑士、女人——体形和肤色

都证明了他们真是超人，起誓说，

脸色苍白、面容瘦长的伴侣，

永远、永远充满了生机的空气，

赢得了他们激情的完整；

此刻，他们疾驶在冬日的黎明，

本布尔本山是他们身后的景致。

这些，是他们想说的要旨。

二

许多次，一个人死，一个人生，

在他们那两个来世之中，

民族的来世，灵魂的来世，

古老的爱尔兰熟悉这一切，

无论人是死在他的床上，

或送他命的是一声枪响，

与亲爱的人们的暂时分离
是人都恐惧的最糟的事。
虽然挖坟者的劳作悠长，
他们的铁锹锋利，肌肉强壮，
他们只是把他们埋葬的人
重新推进了人类的思想中。

三

你听到过米切尔的祷告声声：
"主呵，给我们的时代带来战争！"
你知道，当一切话儿都已说完，
而一个人正在疯狂地鏖战，
从早已瞎的眼睛里落下了什么，
他完整了他不完整的思索，
于是有一会儿站得消停，
高声大笑，心里一片宁静。
甚至最聪明的人在使命实现、
工作认识、伙伴选择之前，
也会因为某种暴力行为，
心里总是感到那么惴惴。

四

诗人和雕塑家，干你们的工作，

别让那种时髦的画家一味去躲

他的伟大的祖先曾做过的事，

把人的灵魂给上帝带去，

使他把摇篮正确地填好。

衡量开始了我们的力量，

一个典型的埃及人把形状思想，

温和的费迪阿斯做出的形状。

在西斯汀教堂的屋顶中，

米开朗琪罗留下了证明；

那里，只是一个半醒的亚当

就能够使走遍地球的女人惶惶，

最后她的内心一片激情洋溢，

证明有一个预先确定的目的，

在那秘密工作的思想之前，

人类的完美实际上平凡。

十五世纪的意大利的大师，

设计上帝和圣人的背景时，

总画着花园，那里灵魂安宁，

人们看到的一切东西，

花朵、芳草，还有无云的天空，

多像睡觉的人醒了又在梦中，

看到的那些仿佛如此的形状，

这种形状消失了，只剩下床

和床架，依然在声言

天国的门打开了。

哦旋转

一场更大的梦已经消逝，

卡尔弗特和威尔逊、布莱克和克劳德，

为信上帝的人准备了一种休息，

是帕尔默的话吧，但在那之后，

我们的思想就充满了混乱、忧愁。

五

爱尔兰诗人，学好你们的专业，

歌唱那美好地做成的一切，

轻视那种正从头到脚

都已失去了模样的奥妙，

他们缺乏记忆的头和心——

低卑的床上的低卑的产品。

歌唱农民们，然后是

策马疾驶的乡间绅士，

修士们的神圣，仿效

饮完苦啤酒的人狂笑；

歌唱那些欢乐的爵士和夫人，

那是在英勇的七个世纪中

形成的最根本的本质；

让你的头脑想着其他的日子，

这样，我们在将来依然能

成为不可征服的爱尔兰人。

六

在光秃秃的本布尔本山头下面，

叶芝躺于特拉姆克力夫墓地中间。

一个祖先曾是那里的教区长，

许多年之前，一座教堂就在近旁，

在路旁，是一个古老的十字架，

没有大理石碑，也没有套话；

在附近采来的石灰石上，

是按他的指示刻下的字样：

　　　对生活，对死亡

　　　投上冷冷的一眼

　　　骑士呵，向前！

1938 年 9 月 4 日

附 录

授奖词

瑞典皇家学院诺贝尔奖委员会主席　佩尔·哈尔斯特龙

还在最初的青春岁月，威廉·勃特勒·叶芝就作为一个名副其实的诗人崭露头角了。在他的自传中，人们可以看到，甚至当他还是孩子时，一种诗人的内在动力已决定了他与世界的关系。从一开始，他就沿着自己的感情和理智生活所展示的方向有机地成长了起来。

他生于都柏林的一个富有艺术氛围的家庭。这样，美自然成了他的一种至关重要的必需，他显示出了艺术才赋。他受到的教育正是要满足这一倾向，他几乎没做什么努力去获得传统的教育。他所受教育的大部分是在英国，他的第二个祖国，然而他具有决定性的发展是和爱尔兰联系在一起的，主要是和康诺特那不受污染的盖尔特区联系在一起的。他的家庭在那里拥有夏日别墅。他吸收了民间信仰和民间故事富有想象力的神秘主义，这正是他的人民的最显著的特征，在原始大自然中面对高山大海，他专心致志做着努力，要去捕捉住它的灵魂。

自然的灵魂对他来说不是泛泛之辞，因为盖尔特民族的泛神论，那种对于大千世界背后活生生的、个性化的力量的存在的信念，是那里大多数人民所有的，攫住了叶芝的想象力，满足了他内在的强烈宗教需要。当他最为接近他的时代科学精神时——在对自然生活的热情观察中，他独特地潜心于拂晓时小鸟的种种鸣啭、暮色中星星亮起和蛾儿飞舞。这个孩子对每一天的节奏是如此熟悉，完全能用自然的迹象来判定时刻。由于他与早晨和傍晚的种种声音都有亲密的沟通，他的诗后来获得了许多极为诱人的特征。

当他年事稍长，为了献身诗歌，他很快就放弃了在美术上的学习，因为他写诗的愿望太强了。但绘画方面的修养在他整个创作生涯中是显而易见的，这不仅仅在于他推崇形式和个人风格的激情，更在于对问题的似非而是的大胆处理，正是在这里，他的敏锐而零碎的哲学沉思找到了他独特的性格所需要的一切。

八十年代末，他在伦敦居留了下来。他所进入的文学世界虽说并没向他提供许多积极的东西，但至少向他提供了共同从事反抗活动的伙伴，这对好胜的青年来说是特别可贵的。对于不久前还流行的时代精神，这些伙伴充满了厌倦和反叛的意识，这一时代精神就是教条的自然科学和自然主义艺术的精神，很少有人像叶芝那样对它抱有根深蒂固的敌意，这种敌意是彻底的、直觉的、幻想的，在精神上是不懈的。

他不仅仅为自然科学的狂妄自信和一味模仿现实的艺术的狭隘感到不安，他更感到了恐惧：因为个性的解体，因为来自怀疑主义的僵硬，因为在一个至多只有对通向可卡因的神圣土地的集体和机械的进展才抱有信念的世界里，幻想和情绪生活发生了崩溃。事实证明了他是对的：对于人类用这样的知识所能走到的天堂，我们能否有享用的便宜，实可怀疑。甚至那种更动人的乌托邦社会——颇受人们赞美的诗人威廉·莫利斯所倡导的乌托邦社会，也未能吸引像青年叶芝这样一位个人主义者。后来他找到了他自己通向人民的道路，不是作为一种抽象的概念，而是作为真实的爱尔兰人民。对于爱尔兰人民，他就像一个孩子般亲近。他在人民中找寻的不是被时代的需求鼓动起来的民众，而是一个历史地发展的灵魂，他希望把这样一个灵魂唤入一种更具意识的生活。

在伦敦文学界的纷乱中，爱尔兰民族所特有的事物对叶芝的心来说依然是亲切的。在故乡的夏日访问中，他对故乡民间传说和习俗的广泛研究，更培育了这种感情。他早期的抒情诗几乎全建筑在对这些事物的印象上。他的初期诗在英国立刻赢得了高度评价，因为这种新的材料对于想象力具有极大的魅力，获得了一种自己的形式。尽管不乏独特之处，这种形式依然与英国诗歌几个最优秀的传统有着紧密的联系。把盖尔特民族和英格兰民族融合在一起的努力，在此之前从未在政治的领域里成功地实现过，现在在诗的幻想世界中成了一个"现实"——这可是有着巨大的精神意义的表征。

虽然叶芝熟读英国诗歌大师的作品，他的诗却自有一种新的特点。节奏和色彩起了变化，仿佛它们移入了另一种空气——大海边盖尔特地区的暮色朦胧。与现代英国诗歌相比，叶芝的诗有着更强的歌的成分，音乐更为凄凉，节奏柔和。尽管诗的自由，他却像一个梦游人一样，步履平稳，于是我们有了另一种节奏的感觉——风在缓缓地吹，大自然力量在跳动着永恒脉搏。当这种艺术达到最高峰时，它赋有绝对的魔幻，但要把握住它，总是不容易的事。确实，它常常是如此隐晦，要理解它就得做出很大努力。这种隐晦一部分在于实体的神秘性，但也许有一部分在于盖尔特民族的气质，这种气质在激情、精微、深沉中，而不是在清晰中更为显著。时代的倾向或许也起了一定的作用，象征主义和为艺术而艺术的主张，也在追求发现大胆合用的词的任务中很大程度地被吸收了进去。

叶芝与一个民族生命的联系，使他免于那种伴随着为了美所付出的如许努力的空洞，这是他那个时代特有的一种现象。围绕着作为中心和领袖的他，在伦敦文学界他的同胞的团体里，崛起了有力的运动，后来被称为盖尔特复兴，并创造了一种新的民族文学：盎格鲁－爱尔兰文学。

这一团体中最出类拔萃、多才多艺的诗人就是叶芝，他的鼓舞人心、唤起勇气的个性使得这一运动十分迅速地成长、结果；因为他给那些尚零散的力量提供了一个共同的目标，给那些先前还没意识到自身存在的新力量做出了鼓励。

接着，爱尔兰剧院出现了。叶芝积极的宣传创造出了一个舞台、一批公众，首场演出的是他的剧作《凯瑟琳伯爵夫人》（1892）。紧接着这部充满了异乎寻常的诗意的戏之后，他又写出了一系列诗剧，写的全是取材于爱尔兰的古老的英雄史诗的故事。这些戏中最动人的是《黛特》（1907）——爱尔兰的海伦的可怕的悲剧，《绿色的头盔》（1910）—— 一个奇特的原始荒野中愉快的英雄神话，尤其出色的是《皇帝的门槛》（1904），在这部戏中，简单的材料渗透了一种具有罕见的庄严和深度的思想。那场关于国王宫廷中诗人的位置和级别的争论，引出了一个争论不休的问题：究竟有多少精神上的东西在我们的世界中是有用的，它们到底是要由真还是由假的信仰加以接受的。戏中的主角为了这些主张，甘冒生命的危险，极力为那使得人生美丽、充实的诗歌的崇高性做出辩护。要所有的诗人都提出这样的要求是不合适的，但叶芝能这样做，他的理想主义从未暗淡过，他的艺术的严峻性也是如此，在这些戏剧作品里，他的诗获得了一种罕见的美与真正的文体。

然而最动人的是他在《心愿之乡》（1894）中的艺术，神话所有的魅力，春天所有的清新，都在那清晰但又梦幻般的旋律中表演得淋漓尽致。在戏剧性上，此戏也是他最杰出的作品，堪称他的戏剧之花——要是他没写下那部散文小戏《胡里痕的凯瑟琳》（1902）的话，那是他最简洁的民间故事，又是他古典主义意义上的完美杰作。

这里他最有力地拨动了爱国主义这根弦，主题是爱尔兰世世代代为自由的奋斗，主要角色就是爱尔兰自己——在一个到处流浪的乞丐妇女形象中得到了人格化的体现，但我们听到的不是简单的仇恨的声音。这一部戏中深刻的激情比任何可比的诗篇都要来得凝重。我们听到的只是民族感情中最纯和最高的部分，对话寥寥无几，情节也是最简单的，整部戏是毫无做作意味的杰作，这个主题——是从叶芝的梦境中来的——保留了它那作为来自天国的礼物的幻象特征，这对叶芝的美学来说也不是什么稀奇的事。

关于叶芝的作品能说的还有很多，但提一提他近年来在戏剧上所走的道路，也就必须打住了。由于奇特的、不同寻常的素材，这些戏常常是浪漫的，但这些戏一般又努力达到古典形式的简洁。这种古典主义渐渐发展成为富有勇气的尚古主义，诗人努力达到所有戏剧艺术开端都有的那种原始能动性。他做了许多激情、敏锐的思考，要把他自己从现代舞台上解放出来，因为现代舞台的布景扰乱了想象力唤起的情景；在现代舞台上，戏剧的特色常常是必须借助灯光加以夸张的；在现代舞台上，观众要求得到现实的幻象。叶芝希望就像在诗人的想象中那样写出诗意，他仿照希腊和日本的例子，给这种想象赋予形式。这样他恢复了面具的功用，并为随着简单的音乐伴奏的演员的姿势找到了一个了不起的用武之地。

在这种简单化了的、达到了严格的文体统一性的戏剧中，主题因为剧作者的偏爱，依然是取自爱尔兰的英雄传说，常常达到了令人心醉目眩的效果，甚至对一般的读者来说也是如此，不仅仅在高度凝练的对话中，也在有着深沉的抒情调子的合唱中。然而，所有这一切还是在其生长期中，尚不能做出判断：所做的牺牲是否在所得的成就中获得了补偿。这些剧本尽管本身是值得高度注意的，在博得大众喜爱这一点上，也许有着更大的困难。

在他最清晰、最动人的抒情诗中，也在这些戏中，叶芝获得了诗人很少能达到的成就：他成功地维持了与人民的接触，同时又保持了最具贵族气质的艺术。他的诗作是在一个有着许多危险的排外性艺术氛围中产生的，但是丝毫没有损害他的美学信念的原则，他那充满了火焰和寻根究底的生命力，始终对准目标，努力使自己避免了美学上的空虚。长久以来，他追随了那使他自己成为祖国的翻译者的精神——这是一个很久以来就等待着人们赋予一个声音的国家。把这样一生的工作称为伟大，是一点不过分的。

受奖演说

威廉·勃特勒·叶芝

在我工作的生涯中，我对这一斯堪的纳维亚国家总是满怀感激之情。当我还十分年轻的时候，我花了数年时间与一个友人合作，为英国诗人布莱克的哲学写出了第一部阐述性的著作。布莱克最初正是你们伟大的斯威登堡[1]的信徒，布莱克接着进行了激烈的反叛，然后再是半为反叛、半为信奉。我和我的友人不得不屡屡求教于斯威登堡的著作，以便对布莱克某些晦涩的段落做出解释，因为布莱克在他神秘的作品中总倾向于夸张、晦涩、似是而非。他的思想影响，是与柯勒律治对他身后四十年的影响一样巨大的。在诗歌和绘画理论中，布莱克始终是斯威登堡的解释者或反对者。近年来我已为了斯威登堡的缘故而去攻读斯威登堡的著作。当我接受你们的邀请，来斯德哥尔摩的时候，我正是在他的传记中找了有关的材料。此外，如果没有易卜生[2]和比昂松[3]的影响，我们的爱尔兰剧院也是不会出现的。于是此

---

① 斯威登堡（1688—1772），瑞典科学家和神秘主义思想家。
② 易卜生（1828—1906），挪威戏剧家。
③ 比昂松（1832—1910），挪威戏剧家。

刻你们授予了我这一巨大的荣誉。三十年前一些爱尔兰作家曾在各个团体中聚会，对他们国家的文学做了无情的批判。把爱尔兰文学从狭隘的地方主义中解放出来，从而赢得欧洲的承认——这正是他们的梦想。从这些作家身上我获益甚多。从那些几年后参加我们的运动的作家身上我获益更多，这些男女作家现在都和我一样变老了，当我回到爱尔兰时，他们会在这个巨大的荣誉中看到那个梦想的实现。我在内心深处知道，如果他们不曾存在的话，我能得到的将是多么少。

　　在叶芝致答词前，皇家学院院长艾纳·隆柏格对这位爱尔兰作家说：

　　"叶芝先生，一个比我更强的人已给我们做了一篇关于你的文学工作的评论。那么，在这个场合，除了对你从翡翠岛上向我们展示的动人景象表示我们的赞美和感激之外，还能做些什么呢？我们欣喜地听着仙子和精灵的故事，你用这些故事使我们与他们熟悉了。我们尤其为你那首关于小小的'银色鲟鱼'的诗感动不已。在另一首诗中你写道：'时间一点一滴地消失／像一支蜡烛渐渐燃去。'确实如此，但如果今天能长久地留在你的记忆中，就像它自然会长久地留在我们的记忆中一样，我们是会感到幸福的。"

生平年表

1863 年：约翰·勃特勒·叶芝与苏珊·波利克斯芬结婚。

1865 年 6 月 13 日：威廉·勃特勒·叶芝出生于爱尔兰都柏林。

1875 年—1880 年：叶芝进英国戈多尔芬小学，在斯莱果乡间度假，全家搬到伦敦。

1880 年：因为战事，全家搬到霍恩，叶芝入都柏林的埃拉斯摩斯中学。

1882 年：写出了最早的诗。

1884 年：入都柏林的都市艺术学院，父亲因为叶芝不肯上三一学院而感到失望。

1885 年：最早的抒情诗发表于《都柏林大学评论杂志》。

1886 年：放弃美术创作，追求写作生涯。

1887 年：全家搬回伦敦。叶芝对一些神秘主义组织产生了强烈兴趣。

1888 年：遇见威廉·莫里斯、萧伯纳、奥斯卡·王尔德等人，写成《神话故事与民间传说》一书。

1889 年：发表第一部诗集《漫游的奥辛和其他的诗》，与爱德温·埃利斯合编一本布莱克的诗集，约翰·奥莱利介绍叶芝认识茅德·冈。

1891 年：诗人俱乐部和爱尔兰文学协会的创建人之一。

1894 年：遇见奥莉维亚·莎士比亚，开始将早期的诗作收成一部诗选，写剧本《心愿之乡》。

1895 年：《诗选》问世。

1896 年：结识格雷戈里夫人，与沁孤在巴黎相遇。

1897 年：诗集《秘密的玫瑰》问世，第一次在柯尔庄园度夏，与茅德·冈一起在英国各地做讲演旅行。

1898 年：到巴黎、伦敦、都柏林、柯尔、斯莱果旅行。

1899 年：为爱尔兰文学剧院排戏，《风中的芦苇》赢得当年最佳诗歌奖。

1900 年：母亲去世。

1902 年：创建爱尔兰民族剧院协会，叶芝任主席，茅德·冈、道格拉斯·海德、乔治·罗素任副主席。

1903 年：诗集《在七树林中》、论文集《善和恶的思想》发表，茅德·冈嫁给了麦克布莱德少校。

1904 年：创办阿贝剧院。

1905 年：《布满阴影的水》问世。

1906 年：与格雷戈里夫人、沁孤等一起任阿贝剧院经理。

1908 年：八卷本的《诗选》出版，去巴黎看茅德·冈，学习法语。

1909 年：约翰·沁孤去世。编沁孤的《诗与翻译》，遇见艾兹拉·庞德。

1911 年：通过莎士比亚夫人结识了乔治·海德－利斯。

1913 年：庞德任叶芝的秘书。

1914 年：去美国做讲演旅行，诗集《责任》出版。

1916 年：都柏林复活节起义，麦克布莱德遭处决。叶芝去法国看望茅德·冈，买下巴力里塔。

1917 年：向茅德·冈的养女伊莎尔特求婚，遭拒绝，娶了乔治·海德－利斯。叶芝的妻子在蜜月里开始了"自动写作"。《柯尔庄园的野天鹅》问世。

1918 年：叶芝和妻子修复巴力里塔。

1919 年：女儿安娜·勃特勒·叶芝出生，叶芝一家搬进巴力里塔。

1920 年：与妻子做美国之行，为写《幻象》做准备。

1921 年：儿子威廉·勃特勒·叶芝出生。

1922 年：出任爱尔兰参议员。

1923 年：获诺贝尔文学奖。

1924 年：与妻子做罗马之行。

1925 年：《幻象》第一版问世。

1927 年：肺充血，卧床休息。

1928 年：因健康关系，不再参加参议员竞选。《塔》问世，全家搬至拉帕罗。

1931 年：患病后在爱尔兰度过第一个冬天，获得牛津大学文学博士学位，最后一次与格雷戈里夫人在柯尔度夏。

1932 年：格雷戈里夫人去世，叶芝组织爱尔兰文学院。

1933 年：《旋梯》出版。

1935 年：再度肺充血，主编《现代牛津英国诗选》，《三月的满月》

出版。

1937 年：在 BBC 电台做了四次广播，《幻象》修订版问世。

1938：移居法国，在阿贝剧院做最后一次讲演，莎士比亚夫人去世。

1939 年：病情突然恶化，1 月 28 日去世，葬于法国。

1948 年 9 月：叶芝的尸体运回爱尔兰，葬在本布尔本山下。

译后记

　　这部译诗集的选题参考了英美各家编选的诗集，以及其他集子中收入的叶芝作品，而主要是从乔治·丹尼尔·波特·阿尔特与罗素·凯·阿尔斯帕赫合编的《集注版叶芝诗集》（麦克米伦版，1957）译出的。编排次序基本上按发表年代。叶芝一生诗写得多，也改得多，往往同一首诗在不同的集子有不同的面目。集注版采用的都是定稿，下面附了一些曾经用过的不同词句，对理解诗人的创作意图有一定的帮助。译诗的注解参阅了约翰·温特莱克的《威廉·勃特勒·叶芝读者指南》（伦敦，1959）。此外，译者自己也做了一些发挥，供读者参考。

　　叶芝的诗一般都是押韵的，而且常常押得很巧妙，句式、尾韵的安排颇见匠心，在有些诗里还使用了半韵、头韵。为了体现原诗的精神——形式与内容毕竟是不能分开来的，译者尽可能按原诗的韵脚模式译出。力所不逮之处，一小部分译诗的韵式稍有变化。至于个别本来就是用自由体写成的原诗，译者当然也"自由"了。

　　本书翻译过程中，得到了俞光明、金佩庆、张永华同志的大力帮助，他们还在百忙之中校看了一部分译稿，译者谨在此向他们表示衷心的谢意。

裘小龙

修订后记

　　还是在上世纪八十年代中期，我应漓江出版社之约，翻译了一本名为《丽达与天鹅》的叶芝诗选。为了保证书的出版速度和质量，出版社当时分管外国文学的主编刘硕良先生，特地把我邀请到桂林，在出版社的招待所小住一段时间，一边讨论修改意见，一边赶着定稿。

　　招待所设在出版社办公楼内的一个房间，其实就是一张办公桌加一张钢丝床，但环境安静、舒适，与责任编辑交流起来也方便。好几天，我在那里工作得还真有效率。改稿改得晚了，放下笔，从框着桂林山水的窗口向外远眺，独自想象叶芝怎样从爱尔兰高地一路走来，慢慢汇入中国古典山水画卷里的夜色中。第二天，刘硕良先生会兴冲冲带我去附近路边的小吃摊，让我第一次品尝到风味独特的桂林米粉与白切鸡。他热腾腾的友情其实也是在督促我，我知道，早早开始新的一天的工作，尽快完稿。那番情意，至今想起来仍让人感怀不已。我后来在一首题为《赠漓江友人》的小诗中还这样写过："带走了桂林的山山水水／带走了来时又别时的月台上／一次又一次的握手／与一个个破折号间的／诗行——"

　　"二十余年如一梦，此身虽在堪惊"——算起来已三十多年了。这次还同样是漓江出版社，决定要修订出版一部增补版的叶芝诗选，可我在收到他们的电子邮件时，却是犹豫了一番。

自上世纪八十年代末以后，我长期居住在国外，更多的时间是在用英语写作，现在要回过头，再去修订这许多年前的中译文，担心难免会有力不从心的地方。不过，我也想到了双语写作的一个可能好处，即在一种语言的探索中，同时会对另一种语言的感性和音乐性产生、获得不同的理解、感受。或许，这是因为潜意识里，始终有着另一个语言参照物的缘故吧。怎样在一个文本中糅合两种语言的不同感性，在诗歌翻译中尤其会是一种有意义的挑战。叶芝在一首诗里曾不无自我嘲讽地说："因为我获得了力量，/让词语服从我的命令。"因为，这毕竟是做要比说难得多的事。

让我最终下决心修订这部译诗选，还是要感谢我当年在《译后记》中曾感谢过的几位朋友——俞光明、金佩庆、张永华，尽管经过了这么长的时间和距离，他们与我的友情始终不变，对我的期望、鞭策和帮助一如昨日，让我不敢松懈下来。

也要感谢一位我未曾谋面的诗人、评论家，以及叶芝诗歌的爱好者——刘苇。可惜他已在 2013 年去世，我却是要到了前两年，才在网络上的一篇文章中读到有关他与叶芝的文字。"（刘苇喜欢的）这些诗集里的第一本就是裘小龙所译《丽达与天鹅》，生锈的订书钉，简陋的覆膜，乏味的书名，但是刘苇一拿到就仿佛年轻了十岁。他一边说着'多好的书啊'，一边翻着，翻到《丽达与天鹅》一首给我逐句讲了一番，他的手指把黄脆的劣质纸张摸得哗哗响，像是摸到了自己的旧时光……裘小龙翻译出了让他基本认可的叶芝和艾略特，后来远赴美国，他写的《红英之死》译介入国内后，刘苇还特地去找来看了，之后跟我说：'真没意思，他去写这种骗外国人的书。'"作为《红英之死》的作者，我并不同意他对这本小说的评价，这里涉及种种其他的因素，无须在此赘述，但作为叶芝诗歌的一个译者，我由衷感激这样的读者。这也让我意识到，对自己三十多年前的一个译本，我其实还负有责任。

在漓江出版社招待所中那些已很遥远了的日子里，我或许也已尽力。只是，囿于当时的一些客观条件，如原文文本和参考书的缺乏，在翻译过程中还是有些地方理解、把握得不够；也有一部分诗，涉及爱尔兰的历史、文化、神话背景，诗意稍显复杂、含混了一些，最后没有收入《丽达与天鹅》。现在，我大部分时间在国外，这些方面的条件确实比以前要好了，不同的原文文本以及参考资料，有时甚至都可以直接在网络上查阅、下载。于是趁这次机会，我增补了先前没译出的那部分诗，修改了原来译错了的地方，也对中译文的一些细节，如现代汉语诗歌的感性与节奏等，多少做了新的摸索和处理。

因此，《叶芝诗选》要比《丽达与天鹅》做得好一些，我相信还是有可能的；因此，要再一次感谢漓江出版社，又给了我这样一次修订的机会。

裘小龙

寓言
[美] 威廉·福克纳 / 著
王国平 / 译
定价：50.00元

水泽女神之歌
——福克纳早期散文、诗歌与插图
[美] 威廉·福克纳 / 著
王冠 远洋 / 译
定价：30.00元

士兵的报酬
[美] 威廉·福克纳 / 著
一熙 / 译
定价：45.00元

即将上市

押沙龙，押沙龙！
[美] 威廉·福克纳 / 著
李文俊 / 译

喧哗与骚动
[美] 威廉·福克纳 / 著
李文俊 / 译
定价：46.00元

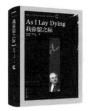

我弥留之际
[美] 威廉·福克纳 / 著
李文俊 / 译
定价：38.00元

大街
[美] 辛克莱·路易斯 / 著
顾奎 / 译
定价：55.00元

巴比特
[美] 辛克莱·路易斯 / 著
潘庆舲 姚祖培 / 译
定价：50.00元

阿罗史密斯
[美] 辛克莱·路易斯 / 著
顾奎 / 译
定价：78.00元

诺贝尔文学奖作家文集 ⊙ 福克纳卷·路易斯卷

漓江的书，买了再说！

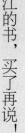

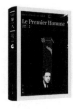

枉然的柔情
［法］苏利·普吕多姆 / 著
胡小跃 / 译
定价：50.00元

邪恶之路
［意］格拉齐娅·黛莱达 / 著
黄文捷 / 译
定价：50.00元

常青藤
［意］格拉齐娅·黛莱达 / 著
沈萼梅 / 译
定价：56.00元

即将上市

风中芦苇
［意］格拉齐娅·黛莱达 / 著
蔡蓉　吕同六 / 译

柔情
［智］加布列拉·米斯特拉尔 / 著
赵振江 / 译
定价：50.00元

爱情书简
［智］加布列拉·米斯特拉尔 / 著
段若川 / 译
定价：30.00元

漓江的书，买了再说！

诺贝尔文学奖作家文集 ⊙ 普吕多姆卷·黛莱达卷·米斯特拉尔卷

诺贝尔文学奖作家文集 ⊙ 纪德卷·丘吉尔卷

漓江的书，买了再说！

背德者·窄门
［法］纪德／著
李玉民／译
定价：46.00元

伊恩·汉密尔顿行军记
［英］温斯顿·丘吉尔／著
刘勇军／译
定价：48.00元

河战
［英］温斯顿·丘吉尔／著
王冬冬／译
定价：60.00元

从伦敦，经比勒陀利亚，到莱迪史密斯
［英］温斯顿·丘吉尔／著
张明林／译
定价：50.00元

我的非洲之旅
［英］温斯顿·丘吉尔／著
张明林／译
定价：42.00元

特雷庇姑娘
〔德〕保尔·海泽 / 著
杨武能 / 译
定价：55.00元

紫罗兰
〔捷克〕雅罗斯拉夫·塞弗尔特 / 著
星灿 劳白 / 译
定价：59.80元

磨坊
〔丹麦〕吉勒鲁普 / 著
吴裕康 / 译
定价：69.80元

明娜
〔丹麦〕吉勒鲁普 / 著
吴裕康 / 译
定价：50.00元